프랑수아즈 사강 ○ Françoise Sagan

본명은 프랑수아즈 쿠아레(Françoise Quoirez). 1935년 프랑스 카자르크에서 태어났다. 1951년 가족과 함께 파리로 이주하여 소르본 대학에서 공부했다. 마르셀 프루스트의 소설 『잃어버린 시간을 찾아서』를 읽고 작품 속 등장인물인 '사강'을 자신의 필명으로 삼았다. 1954년 열아홉의 나이로 첫 소설 『슬픔이여 안녕』을 발표해 프랑스 문단에 커다란 관심과 화제를 불러 일으켰고 그해 비평가 상을 받았다. 『어떤 미소』(1956), 『한 달 후, 일 년 후』(1957)에 이어 1959년에 발표한 『브람스를 좋아하세요…』는 사랑의 감정으로 연결된 남녀의 미묘한 심리를 예리하게 포착해 낸 동시에, 극히 사강다운 독특한 스타일을 다시 한번 정립했다. 두 번에 걸친 결혼과 이혼, 그리고 알코올과 마약, 도박에 중독된 파란만장한 생애를 보내면서도 『신기한 구름』, 『항복의 나팔』, 『마음의 파수꾼』, 『찬물 속 한 줄기 햇살』, 『흐트러진 침대』, 『핑계』 등의 소설을 비롯하여 자서전, 희곡, 시나리오 등 다양한 장르의 작품들을 꾸준히 발표했다. 2004년 심장과 폐 질환으로 사망했다.

마음의 심연

마음의 심연

프랑수아즈 사강 ○ 김남주 옮김

LES QUATRE COINS
DU COEUR

민음사

LES QUATRE COINS DU COEUR
by Françoise Sagan

Copyright © Plon, 2019 Les quatre coins du coeur
All rights reserved.

Korean Translation Copyright © Minumsa 2021

Korean translation edition is published by arrangement with
Plon through Milkwood Agency.

이 책의 한국어 판 저작권은 밀크우드 에이전시를 통해 Plon과
독점 계약한 **(주)민음사**에 있습니다.

저작권법에 의해 한국 내에서 보호를 받는 저작물이므로
무단 전재와 무단 복제를 금합니다.

차례

서문	: 7		
1장	: 17	13장	: 250
2장	: 44	14장	: 259
3장	: 78	15장	: 262
4장	: 119	16장	: 278
5장	: 133	17장	: 281
6장	: 156		
7장	: 162	작품 해설	: 287
8장	: 179	작가 연보	: 295
9장	: 196		
10장	: 214		
11장	: 221		
12장	: 230		

서문

 2007년 어머니의 유산을 상속받기로 결정한 이후 나는 어머니의 작품들이 판을 새로 찍을 때마다 서문에 몇 마디를 더하는 특권을 누려왔다. 『속도(La Vitesse)』, 『봉주르 뉴욕(Bonjour New York)』, 『1954~2003 연대기(Chroniques 1954~2003)』, 『나의 어머니 사강(Sagan, ma mére)』 그리고 가장 최근의 것으로 원래 판본으로 곧 출간될 『독(Toxique)』이 그런 작품들로, 나는 많은 미디운 편집자들에게 내가 쓴 글을 넘겨주었다.

 편집자들은 내가 뭔가 새로 써야만 한다는 의무감

에 시달리면서도 그 일을 즐기고 있음을 눈치채고 나를 쉽사리 설득할 수 있었던 것 같다. 어머니의 작품에서 아무것도 바꾸지 않으면서도 작품과 밀접하게 연관되는 그 일의 속성이 내게 언제나 짜릿한 흥분을 불러일으켰음을 밝히고 싶다.

물론 내가 서문에 참여한 대부분의 작품들은 예전에 편집된, 그중 몇몇은 새로 재편집된 것들로 많은 독자들이 그 내용뿐 아니라 서문 또한 읽었으므로, 그런 서문의 말미에 내가 새로 짧은 소회를 덧붙인 것이 크게 두드러지거나 중요하게 여겨지지 않을 터였다.

따라서 이 책의 서문을 써 달라는 요청을 플롱 출판사로부터 받았을 때 나는, 또다시 그런 요청을 받는다는 것이 기쁘기는 했지만 놀라지는 않았다. 하지만 그날 저녁 집에 돌아와 차분히 생각해 보자 이 일이 얼마나 대단한 것인지를 실감할 수 있었다. 그러니까 한 시대의 아이콘이었던 작가 프랑수아즈 사강이 남긴 미발표 작품, 출간되면 미디어계뿐 아니라 문학계에서도 돌풍을 몰고 올 수 있는 그런 작품의 서문을 쓰는 일이 아닌가.

사실 나는 이 작품의 원고에 대해 모호한 기억만을 갖고 있다. 때는 내가 어머니의 유산을 상속받기로 결정한 지 이삼 년 후였다.[1] 어머니가 남긴 재산 전체가 미심쩍은 방식으로 탈취되고 양도되고 매각되고 압류되었던 그즈음 내 머릿속에 이 원고에 대한 기억이 떠오른 것은 기적 같은 일이었다.

원고는 학생들의 논문처럼 제본되어 비닐 커버가 씌워져 있었고, 분량이 적었음에도 두 권으로 나뉘어 있었다. 첫 번째가 '마음의 네 모서리' (당시 이 원고에는 확실한 제목이 없었고, 이 글을 쓰는 지금도 우리는 이 작품

---

[1] 프랑수아즈 사강은 사망 당시 많은 빚이 있었으므로 작품의 저작권이 압류된 상태였다.

에 어떤 제목을 붙여야 할지 망설이고 있다.)이고, "파리발 기차가 16시 10분 투르역에 들어섰다……"로 시작되는 두 번째 권에는 '상처 입은 마음'이라는 제목이 붙어 있었다. 타자기로 작성된 원고는 여러 차례 복사한 듯 글자들의 윤곽이 선명하지 않았고, 누가 덧붙인 것인지 알 수 없는 주석과 수정과 삭제 표시가 여기저기 눈에 띄었다. 이런 원고가 잡다한 자료, 서류, 종이 더미와 뒤섞여 있었으므로, 그것이 어머니의 미발표 소설이라는 사실을 내가 깨닫기까지는 한참의 시간이 걸렸다.

이런 이유에서 당시 나는 원고를 대충 보았을 뿐 별다른 주의를 기울이지 않았는데, 지금 생각해 보면 다행스러운 동시에 불행한 일이다. 처음 보았을 때에는 이 원고가 어머니의 미발표 작품일지도 모른다는 생각 같은 건 내 머릿속에 떠오르지 않았다. 어머니의 유산을 상속하는 과정이 엄청나게 복잡하고 혼란스러웠으므로, 당시 내 머릿속은 풀 수 없을 정도로 복잡하게 얽힌 법적, 세무적, 편집상의 문제들로 가득 차 있었다.

하지만 이제 다시 생각해 보면 미완성이긴 하지만 극히 사강다운 글의 특성을 지녀 혼란스러웠던 원고를 당시 내가 너무 소홀하게 대한 것 같다. 사강의 다른 작품들처럼 이 소설의 인물들은 때때로 파렴치하기까지 하고, 분위기는 너무나도 바로크적이며 몇몇 사건들은 기상천외하다. 사실 그런 점들 때문에 나는 『마음의 심연』의 가치를 제대로 평가하지 못하고 지금까지 무심하게 서랍 속에 방치해 둔 것 같다. 누군가에게 이 작품을 읽혀 보고 싶다는 생각이 들기도 했지만 완성되지 않은 작품을 완전히 신뢰할 수 없는 누군가가 읽게 하는 것이 경솔한 일로 여겨졌다.

그로부터 몇 개월 전 파리의 편집자들 중 많은 이

들이 프랑수아즈 사강 작품의 재출간을 거절하는 현실 앞에서 나는 사강이라는 작가가 20세기의 어둠 속으로 사라지는 것이 아닐까 하고 우려하지 않을 수 없었다. 그 얼마 후 나는 다행스럽게도 장마르크 로베르를 만났고, 출판권 유산 상속과 관련해 그에게서 귀중한 조언을 들을 수 있었다. 4월 어느 날 오후 나는 당시 그가 대표로 있던 파리 플뢰뤼가의 스톡 출판사로 가서 어머니의 작품 열다섯 권을 한꺼번에 재출간하자고 제안했고, 그는 동의했다. 얼마 지나지 않아 장마르크 로베르는 내 출판업자가 되는 데 그치지 않고 친구가 되었다. 그래서 그로부터 몇 주 후 나는 별다른 주저 없이 그에게 혼자만 알고 읽어 보라고 이 소설을 맡길 수 있었다. 그러면서도 좀 혼란스러운 상태인 이 소설을 그가 실제로 출간할 것이라고는 기대하지 않았다.

사실 『마음의 심연』은 과거에 영화로 제작되기 위

해 시나리오로 각색되었는데(그래서 그렇게 여러 차례 복사되었던 것이다.) 그 계획은 실현되지 못했다. 당시 시나리오 작가가 자유롭게 영감을 펼치려 했던 듯 원고가 크게 개작된 것은 아니라도 상당히 달라진 것이 사실이다. 따라서 원고 상태 그대로 단행본으로 출간하기에는 무리가 있었다.(내용적 취약성으로 인해 사강의 작품에 대한 근본적인 오해를 낳을 수 있었다.)

장마르크와 나는 작업 성취도가 비슷한 작가에게 이 원고를 맡겨 그것을 바탕으로 다시 쓰게 함으로써 그 문제를 해결하면 어떨까 하고 생각했다. 하지만 원고는 단어들이 누락되기도 하고 때로는 단락 전체가 사라져서 일관된 맥을 잡기 어려운 상태였으므로 우리는 이 계획을 이내 포기하지 않을 수 없었다.

원고는 다시 어둠 속으로 돌아가고 말았다. 하지만 이후 몇 달 동안 원고를 거듭해서 읽어 본 나는 점차 그 내용에 빠져들기 시작했다. 내용이 불완전하다 해도, 상태가 어떻든 간에 이 원고는 프랑수아즈 사강의 문학 세계 전체에서 중요한 일부를 이루고 있는 만큼 반드시 출간되어야 한다고, 그리고 이 원고를 완성할 수 있는 사람은 나뿐이라고 마음속 목소리들이 말하고 있었다. 사강을 알고 사랑하는 독자들은 그녀가 남긴 문학적 소산 전체를 읽고 파악할 권리가 있었다.

나는 작업에 착수했다. 소설의 문체나 어조를 훼손하지 않으려 주의하면서 필요하다고 생각될 때면 수정을 가하기 시작했다. 그 일을 해 나감에 따라 소설 속에서 사강 문학의 특징인 뻔뻔스러울 정도의 대담성과 신랄한 유머, 초연한 재치, 압도적인 자유로움을 발견할 수 있었다.

『슬픔이여 안녕』이 나온 지 육십오 년이 지난 지금, 프랑수아즈 사강의 미완성 소설 『마음의 심연』이 고통스러운 십 년간의 반수면 상태를 거쳐 가장 마지막으로 출간되는 그녀의 작품으로서 마침내 빛을 보게 되었다. 사강의 작품을 사랑하는 독자들에게 꼭 필요한 가장 원초적이며 가장 본질적인 상태로.

2019년
드니 웨스토프

1

정원 가장자리에 플라타너스 네 그루와 녹색 벤치 여섯 개가 자리 잡고 있는 대저택 라 크레소나드의 테라스는 웅장했다. 테라스에 비해 건물은, 좀 낡았지만 보기 좋은 전원 저택이라고 했을 시절도 있었겠으나 이제는 더 이상 아름답지 않았고 그렇다고 고풍스럽다고도 할 수 없었다. 무쇠 발코니와 야외 계단, 첨탑으로 최근 단장된 건물은 막대한 비용을 들여 두 가지 시대를 구현해 놓았는데, 고약한 취향 탓에 주위의 숲이나 햇빛, 나무들, 잿빛 자갈과 좀체 어울리지 않았다. 잿빛 판석 삼 단으로 이루어진 돌층계에는 그런 몰취미의 극치라고 할 만한 보기 흉한 중세풍 난간이 설치되어 있었다.

하지만 층계 맞은편 벤치에 뚝 떨어져 앉은 두 사람은 그런 것에 그다지 개의치 않는 듯했다. 아름다운 것,

조화로운 것 앞에 있는 것보다 추한 것 앞에 있는 편이 때때로 더 편할 수도 있다. 아름다움이나 조화로움을 확인하고 감탄하는 데는 품을 들여야 하므로. 어쨌든 젊은 크레송 부부는 그 저택의 건축적 부조화 같은 것에는 전혀 신경이 쓰이지 않는 듯했다. 그들은 서로를 제대로 바라보지 않았고, 살고 있는 집에도 관심이 없었다. 그저 각자의 발끝을 응시하고 있을 뿐이었다. 두 사람의 눈길이 머문 구두는 무척 비싼 것이었지만, 서로의 얼굴도, 눈앞의 집채도 제대로 볼 줄 모르는 그들에게는 내면적인 뭔가가 결여되어 있는 듯했다.

"당신 안 추워?"

그 말을 들은 마리로르 크레송은 묻는 듯한 눈길을 남편 쪽으로 돌렸다. 표정이 풍부한 연보랏빛 눈과 조금 부자연스러운 입매, 매혹적인 코를 한, 눈에 띄게 예쁜 얼굴의 그녀는 결혼 전 많은 남자들에게 인기가 있었지만, 뤼도빅과 서둘러 부랴부랴 결혼하고 말았다. 결혼 당시 뤼도빅 크레송은 바람기가 좀 있고 조금 멍청하며 체구가 크고 건강한 청년으로, 그의 재산과 유쾌한 분위기에 매료된 파리 16구의 젊은 여자들이 그를 차지하려 열을 올렸다. 그는 여자를 몹시 좋아하긴 하지만 일단 결혼하고 나면 충실한 남편이 될 것임에 분명했다. 하지만 마리로르가 보기에 뤼도빅 크레송은 막대한 재산의 상속자라는 것을 빼고는 결점투성이의 인물이었다. 한편 지적 깊이는 없지만 세련된 마리로르는 유행에 따른 독서, 암시적 화법, 금기시되는 주제를 적절히 배합해 자신을 돋보이게 함으로써 사교계에서 완벽한 패션과 기민한 지성의 소유자라는 평판을 얻었다. 그녀는 자신의 삶뿐 아니라 다른 사람들의 삶까지도 이끌어 가고 싶었다. 자신이 원하는 건 '비브르 사 비'[1]라고 종종 말하기도 했다.

---

[1] '자신의 삶을 살다', '삶을 즐기다'라는 뜻의 프랑스어. 장뤼크 고다르의 영화 제목이기도 하다.

하지만 자신이 사치스러운 생활을 원한다는 것외에는, 삶이라는 게 무엇인지, 삶에서 원하는 것이 정확히 무엇인지 알지 못했다. 실제로 그녀는 물질적으로 풍족한 삶을 원했다. 그녀는 뤼도빅의 아버지 앙리 크레송—그의 고향 투렌에서 '비상하는 독수리'라는 별명으로 불리는—의 재산이 얼마인지, 그녀가 가진 보석의 가치가 어느 정도인지 공공연하게 과시하고 다녔다.

●

오래된 담장으로 둘러싸인 그 저택과 세월의 흔적이 역력한 공장을 왜 '라 크레소나드'라는 이름으로 부르는지는 그들의 성이 '크레송'인 것으로 쉽사리 설명할 수 있다. 반면 크레송 일가가 '물냉이(크레송)나 병아리콩' 같은 작은 작물들을 가지고 어떻게 그렇게 큰 재산을 일굴 수 있었는지를 설명하는 것은 훨씬 복잡하고 따분한 일이 될 것이다. 오늘날 크레송 일가는 이들을 전 세계로 수출하는 사업을 하고 있었다. 이 지루한 주제를 다루기 위해서는 기억력보다는 상상력이 필요하리라.

"당신 안 추워? 스웨터 벗어 줄까?"

마리로르 옆에서 남자가 다시 물었다. 그의 목소리는 무척 친절하고 부드러웠지만 별것 아닌 것을 가지고 법석을 떠는 것 같았고 지나치게 쩔쩔매는 것처럼 들렸다. 젊은 여자가 속눈썹을 깜빡거리며 고개를 돌려 그를 바라보았다. 그 태도에는 스웨터(그녀는 한순간 그것을 꼼꼼히 뜯어보았다.)를 벗어 주겠다는 남편의 제안에 대한 미묘한 경멸이 담겨 있었다.

"아니, 고맙지만 됐어, 난 안으로 들어갈래, 그 편이 더 간단하잖아. 당신도 그러는 편이 좋겠어. 이 상황에서 감기까지 걸리면 곤란하잖아."

그녀가 일어나서 저택을 향해 차분히 걷기 시작했다. 최신 유행의 구두가 자갈에 닿아 자분거리는 소리가 들려왔다. 야외에 나올 때에도, 심지어 혼자 있을 때에도 마리로르는 무슨 일이 있어도 우아함과 '최신 유행으로 치장한' 모습을 유지했다.

그녀를 바라보는 남편의 눈길에는 감탄과 동시에…… 경멸이 담겨 있었다.

●

이쯤에서 뤼도빅 크레송이 여러 군데의 요양원을 전전하고 집으로 돌아온 지 얼마 되지 않았다는 사실을 말해 두어야 할 것 같다. 자동차 사고를 당했던 것이다. 사고가 어찌나 치명적이고 끔찍했던지 그 어떤 의사도, 아무리 믿음이 큰 연인도 그가 살아날 거라고는 생각할 수 없었다.

마리로르가 뤼도빅에게서 생일 선물로 받은 작은 스포츠카를 몰다가 정지해 있는 트럭을 들이받았던 것이다. 트럭에서 날아온 강철판들이 조수석에 앉아 있던 뤼도빅의 몸 여기저기에 꽂혔다. 그 와중에도 얼굴만은 아무런 상처도 입지 않았다. 한편 마리로르는 얼굴도 몸도 전혀 다친 곳 없이 멀쩡했다. 몸 여기저기를 강철판으로 관통당한 뤼도빅은 혼수상태에 빠졌다. 의사들은 그에게 남은 시간이 하루, 길어야 이틀일 것이라고 예측했다.

그런데 천연의 요새나 다름없는 청년의 몸속 기관들, 전체적인 건강을 좌우하는 폐와 어깨와 목 같은 것들이 예상보다 훨씬 튼튼했던 모양이었다. 그 결과, 사람들이 그의 장례식과 매장 때 틀 음악을 고르고 있을 때, 아내 마리로르가 단아하면서도 찬탄을 불러일으키는 과부의 차림새(필요하지는 않지만 반창고 하나를 관자놀이에 붙이면 효과적이었다.)를 연구하고 있을 때, 아버지 앙리 크레송이 아무 예고 없이 닥친 이 일에 몹시 화가 나 사방에 발길질을 해 대고 직원들에게 욕설을 퍼부어 대고 있을 때, 앙리 크레송의 새 아내이자 뤼도빅의 계모인 상드라가 언제나처럼 침대에 누워 까다롭고 오만하게 환자의 권리를 주장하고 있을 때, 뤼도빅은 필사적으로 죽음과 싸움을 벌이고 있었다. 그로부터 일주일 후 그가 혼수상태에서 깨어나자 모두들 어안이 벙벙하지 않을 수 없었다.

알다시피 때때로 환자가 아니라 자신들의 진단에 더 집착하는 의사들이 있다. 앙리 크레송이 파리 등지에서 초빙해 온(진단이나 받아 보자는 생각에서), 이른바 명의로 불리는 거물급 의사들은 뤼도빅이 기적적으로 살아나자 체면을 구겼다. 그들은 그가 살아난 것이 몹시 짜증스러웠던 듯 이번에는 뤼도빅의 머릿속이 크게 잘못되었다고 진단했다. 그런 진단으로 인해—여기에는 뤼도빅의 침묵도 한몫을 했다—뤼도빅은 관찰 대상 환자가 되어 정신 병원에 입원해야 했다. 그는 의식이 또렷하지 않고 정신이 나간 듯하고 어딘가 잘못된 것처럼 보였다. 그가 육체적으로 완벽하게 건강하다는 사실은 정신적으로 문제가 있으리라는 추측에 힘을 실어 줄 뿐이었다.

이 년 동안 뤼도빅은 항의도, 불평도 없이 각종 의원과 정신 병원을 전전했다. 심지어는 말 그대로 비행기 좌석에 묶여 미국까지 가서 치료를 받기도 했다. 매달 가족 몇 명만이 그를 보러 와서는 그가 자는 모습을—혹은 '바보처럼 웃는 모습'을—바라보면서 자기들끼리 수군덕대다가 이내 돌아가곤 했다. 마리로르는 "난 저런 모습을 참고 볼 수가 없어요." 하고 나직하게 말할 뿐 눈물을 참는 흉내조차 내지 않았다. 요양원에서 돌아오는 차 안에서 아무도 눈물 한 방울 흘리지 않았다.

다만 마리로르의 어머니 파니 크롤리만은 예외였다. 그녀는 무척 아름다운 여성으로 최근 남편과 사별하고 슬픔에 잠겨 있었는데, 평소 사위를 마음에 들어 하지 않았음에도 그의 문병을 왔다. 사실 외향적인 여자들은 대부분 사고 전의 뤼도빅을 좋아했지만, 민감하고 예민한 여자들은 뤼도빅의 '다 잘되고 있어' 식의 카우보이적인 면을 신경에 거슬려 했다. 파니 크롤리는 사고 전에 뤼도빅을 '플레이보이'라고 불렀다. 그런 그가 무서울 정도로 삐쩍 마르고 이상할 정도로 어려진, 상처 입기 쉬운 동시에 무장 해제된 모습으로 안락의자에 양 손목과 두 다리를 묶인 채, 아침부터 저녁까지 정맥으로 주사되는 온갖 향정신성 약품들을 속수무책으로 받아들이고 있는 것을 보고 그녀는 눈물을 흘리지 않을 수 없었다. 앙리 크레송은 그녀가 진심으로 마음 아파하며 우는 것을 보고 감동해 아들의 장모와 진지하고도 은밀한 대화를 나누었다.

앙리 크레송은 프랑스에서 가장 치료비가 비싼—그리고 가장 도움이 안 되는 곳임에 분명한—그 요양원의 원장으로부터 뤼도빅의 상태에 대해 다행히 전문가적인 의견을 들은 참이었다. 의사는 그의 아들이 회복될 가능성은 결코, 결코 없노라고 단언했다. 사업에서 천재적인 만큼 감성적인 면에서는 보통 이하인 앙리 크레숑(사실 그에게는 감성이란 것이 없었다. 아니, 그는 첫 아내, 그러니까 출산 중에 죽은 뤼도빅의 어머니를 사랑했다. 그 이외에는 누구에게서도 감성적인 느낌을 받은 적이 없었다.)은 의사의 확신에 찬 말에 의혹과 분노를 느꼈다. 그런 상황에서, 남편의 죽음으로 슬픔에 차 있는 아름답고 우아한, 여전히 젊음을 잃지 않고 있는 파니가 좋아하지도 않는 사위 때문에 눈물을 흘리는 것을 보고 깜짝 놀랐다. 그녀가 우는 것을 보고 그는 아들의 그런 고통스러운 치료에 종지부를 찍고 퇴원시킬 때가 되었음을 확신할 수 있었다. 그는 다시 의사를 만나러 갔다. 의사는 환자 아버지가 지나치게 제멋대로 행동하는 데 분개했다. 그가 자신이 책정한 터무니없이 비싼 비용을 지불하고 있음에도 환자를 자기 병원에서 내보내기로 결정했다.

한 달 후 뤼도빅은 라 크레소나드로 돌아왔다. 집에 돌아오자 그는 완벽하게 건강을 회복해 자잘한 약병들을 하나하나 휴지통 속에 던져 버렸다. 그는 순한 표정을 지은 채 정신이 딴 데 가 있는 듯 약간 불안해 보였고 달리기를 많이 했다. 실제로 그는, 다리를 단련하라는 과제를 받은 아이처럼 넓은 정원을 달리면서, 또한 성인다운 태도를 되찾으려 애쓰면서 시간을 보냈다. 그가 반드시 아버지의 공장에서 일해야 하는 것은 아니었다 — 그건 한 번도 문제 된 적이 없었다. 또한 바깥세상에서 생활비를 벌 직업을 구하지 못해도 상관없었다. 그의 아버지의 재산으로 충분했다.(사실 마리로르가 원하는 것은 그 재산일 뿐 그가 있든 없든 상관없었다).

뤼도빅이 집으로 돌아온 것은 마리로르에게 재난과도 같았다. 그녀는 사람들의 찬탄을 불러일으키는 과부 역할은 해낼 수 있었지만, '멍청이 — 그녀는 터놓고 어울려 지내는 이들 앞에서 남편을 의도적으로 그렇게 불렀다 — 의 아내' 역할을 해야 한다는 것은 다른 문제였다. 그래서 마리로르는 그때까지 그녀가 지지해 온, 심지어는 막연하게 사랑해 온 그 청년을 증오하기 시작했다.

게다가 그녀를 향한 남편의 열정과 사랑과 욕망은 이내 그녀를 짜증 나게 만들었다. 사실 뤼도빅은 여자를 열정적으로 좋아하는 사내였다. 그가 사려 깊고 능숙한 기술을 발휘할 수 있는 유일한 분야는 낭만적인 사랑뿐인지도 몰랐다. 그는 열정적이고 감미롭고 매혹적이었다. 전에 그를 알고 지내던 파리의 창녀들은(그 수가 몹시 많았는데) 여전히 그를 열렬하게 원하고 있었다.

●

그리하여 아버지 앙리 크레송이 거의 소유하고 있다고 보아도 좋은 그 마을에서 뤼도빅은, 마을 의사의 진료를 받으며 순조롭게 건강을 회복해 갔다. 의사는 겸손한 사람으로 사고 직후 뤼도빅이 뼈가 부러지고 에너지를 잃고 기운이 꺾이긴 했지만 결코 머리가 이상해지지는 않았다고 단언한 바 있었다. 사실 아무도 뤼도빅에게서 신경 쇠약이나 정신적 심리적 이상이 있다는 결정적 증거를 찾아낸 적이 없었다. 간단히 말해서 뤼도빅의 경우는 정신적 취약성을 말해 주는 징후가 없었고 한편 미래에 대한 흥미 역시 보이지 않았다. 그는 두려운 마음으로 뭔가를 기다리고 있었다. 그게 무엇일까? 누구일까? 하지만 그것에 진심으로 관심을 갖는 사람은 아무도 없었다. 그 집안에서 그것이 무엇인지 궁금해하는 사람은 뤼도빅 자신뿐이었다.

●

괴상한 모양의 작은 층계에 이르자마자 마리로르는 지친 한쪽 손을 재빨리 뻗어 난간을 붙잡고 세 계단을 펄쩍 뛰어올라 층계참 위로 몸을 피해야 했다. 스포츠

카 한 대가 자갈을 튕겨 내며 그녀를 치기라도 할 것처럼 돌진해 바로 앞에서 멈춰 섰던 것이다. 운전석에 앉은 사람이 시아버지가 아닌 다른 사람이었다면, 그녀는 크게 놀랐다고 호들갑을 떨거나 요란하게 비명을 내질렀을 것이다. 사실 앙리 크레송은 자기 운전기사가 이제 너무 늙었다는 생각에 얼마 전부터 직접 운전을 하고 다녔다. 그의 운전은 길에서 마주치는 친척들과 가축들에게는 공포였고, 이웃 사람들에게는 일대 재난이었다.

"맙소사, 아버님, 기사는 어디 가고 직접 운전을 하세요?" 마리로르가 냉정한 목소리로 물었다.

"맹장염이래…… 쉬고 있어. 맹장염이라고……." 앙리 크레송이 차에서 내리며 쾌활하게 대답했다.

"올해 들어 벌써 네 번째 맹장염인 것 같은데요……."

"맞아, 하지만 그 친구는 쉬라고 하면 몹시 좋아해. 온갖 보장 보험에다 급료까지 계속 나가니까. 그는 위험한 시도 같은 건 안 하려 들고 필요할 땐 침대를 안 떠난다고. 교통경찰이나 보험이 그 정도로 겁나는 모양이지 뭐."

"겁내야 할 사람은 아버님인 것 같은데요."

"겁내야 한다고? 뭘 말이냐? 됐다, 며늘아가, 부탁인데 그만하자꾸나."

마리로르는 앙리가 자신을 '며늘아가'라고 부르는 것이 정말이지 싫었다. 하지만 앙리는 아내 상드라의 잔소리에도 불구하고 그렇게 부르는 것을 그만두지 않았다. 현관 층계 위에는 상드라가 듬직한 모습으로 서 있었다. 보통 자기 방에 틀어박혀 있는데 남편을 맞기 위해 나온 것이다.

처녀 때 성이 르바유였던 상드라 크레송은 인생의 통과 의례는 다해야 한다는 확고한 생각을 갖고 있었다. 결혼 전에도 토지나 재산이 앙리 크레송과 비슷한 수준이었던 그녀가 성격이 괴팍하다고 평가받는 그 홀아비와 결혼한 것은 그저 평생 혼자 산다는 것이 두려웠기 때문이었다. 그녀는 크레송이 성격이 좀 강한 사업가라고 여기고 그와 결혼했지만, 사실 그는 사교 생활이나 아내에게는 관심조차 없는 화 잘 내는 미친 황소 같은 사내였다. 그녀는 라 크레소나드의 큰 방들을 자유롭게 쓸 수 있으리라고 기대했지만, 실제로는 장식이 괴상망측한 거실을 번개처럼 지나다니는 남편을 피할 공간이 있다는 것에 만족해야 했다.

앙리 크레송에게는 형이 둘 있었는데, 둘 다 '39~40 전쟁'[2]에서 전사했다. 앙리는 유쾌한 어조로 말하곤 했다. "그 전쟁에서 죽은 사람 중엔 멍청이가 많아. '14~18 전쟁'[3]에서 죽은 이들은 대개 영웅들이지만 말이야. '39~40 전쟁'은 그렇다고!" 앙리 크레송의 형수들은 남

---

[2] 2차 세계대전.
[3] 1차 세계대전.

편들이 죽자 시동생에게 질려서 이내 제 갈 길을 갔다. 앙리 크레송이 자기 앞길에 방해가 되지 않도록 그들에게 한 재산씩 줘서 내보냈던 것이다. 하지만 떠나기 전에 그들은 저택의 응접실과 방 몇 개를 장식했고, 그 때문에 그렇지 않아도 괴상했던 그 저택의 모습은 상상을 초월하는 고약한 상태가 되고 말았다. 어떤 방에는 모로코 풍 벽난로가 있고, 또 어떤 방은 스페인 풍으로 장식되어 있는 식이었다. 게다가 그리스 미술을 몹시 좋아하는 상드라가 대리석상을 설치하자 아무도 거실 사진을 찍을 용기를 내지 못했다.

상드라는 마을에서 조각가 하나를 찾아냈다. 당시까지 묘지의 조각상 같은 것을 만들던 그는 상드라의 지원에 힘입어 갑자기 그리스 로마 시대 조각상을 전문으로 하는 예술가로 입문했다. 그는 상드라의 주문에 따라 밀로의 비너스, 사모트라케의 니케[4]를 본뜬 조각상을 다양한 크기로 만들었고, 상드라는 그것들을 널찍한 거실 안에 무슨 도전이나 항의의 표시인 양 세워 놓았다. 사실 몸집이 건장한 데다 뺨이 통통하고 그 어떤 상황에서도 동요되지 않는 상드라 크레송의 모습은 사람보다 조각상 쪽에 더 가까워 보였다. 그녀와 조각상들은 아침부터 저녁까지 같은 공간에 있었고 그녀가 옷을 입었다는 사실 말고는 특별히 다른 점이 없었다.

"아니, 저기 내 아내가 나와 있군. 완벽해!" 하고 외치며 앙리는 목에서 야한 색감의 스카프를 풀었다.

"그게 놀라실 일인지 모르겠네요." 마리로르가 말했다.

"내가 놀란 건 너와 네 어머니 두 사람 모두가 나와 있어서다. 어느 한쪽만이 아니라 말이다." 하고 앙리가 단호한 어조로 말했다. "내가 더 대단한 존재로 느껴지거든. 두 사람처럼, 그러니까, 그러니까…… 뭐라고 하면

---

4 그리스 신화에서 승리의 여신인 니케를 묘사한 고대 그리스의 대리석상으로 머리와 양팔이 잘려진 채로 남아 있다.

좋을까? 강인한, 이 표현이 딱 맞는군, 강인한 여성들 사이에 있으니 말이다……."

"아버님 자신은 강인하지 않으신가 보죠?"

비꼬는 기색이 담긴 마리로르의 목소리는 몹시 날카로웠다. 앙리는 화가 나 있는 두 여자를 내버려 두고 예의 그 기괴한 거실을 향해 기운 차게 걷기 시작했다. 바닥에 놓여 있던 여행 배낭이 그의 발에 차였다.

"이게 도대체 뭐지?"

"내 동생이 왔어요, 여보. 내 동생 필립이 우리와 며칠 같이 지내러 들렀어요."

"아, 친애하는 처남이 왔군."

앙리 크레송의 성격은 나쁘다기보다는 좋은 점이 없는 편이었다. 그는 그렇게 심술궂지는 않았지만 친절해지려는 생각 자체를 해 본 적이 없었다. 그렇게 탐욕스럽지는 않았지만 너그러워지겠다는 생각조차 하지 않았다. 또한 다른 사람들의 평판 같은 것에는 전혀 개의치 않았다. 천성적으로 집에 사람이 오는 것을 좋아하는 편이었고, 아들이 천사인지 유령인지 알 수 없게 된 이제는 집 안에 자기 이외의 남자, 그러니까 진짜 남자가 있다는 사실에 막연히 마음이 놓였다.

"착한 필립을…… 마지막으로 본 게 언제더라? 아, 그래, 삼 주 전이었지…… 처남이 잘 지내고 있으면 좋겠군, '애정' 문제 같은 것 없이 말이야."

그는 '애정'이라는 단어를 강조하면서 요란하게 웃음을 터뜨리고는, 잔뜩 짜증이 난 두 여자를 남겨 두고 거실로 들어갔다.

●

첫 아내가 죽은 지 얼마 안 되어 그는 싱드라와 재혼했다. 그가 첫 아내를 사랑했다는 사실은 모두들 알고 있었다. 하지만 그는 죽은 아내에 대한 이야기를 결코 하지 않았고 그녀를 잃은 자신을 위로하려고도 하지 않았다. 상드라와 재혼한 후 그는 부부 관계라는 측면에서 십오 일 동안 그녀를 '존중했다'. 그다음에는 그녀의 존재를 좀 잊고 지냈고 이제는 드물게만 존중을 표했다. 건강이 좋지 않은 상드라는 이렇게 부부 관계가 뜸한 것을 다행스럽게 여겼다.

물론 이곳 투렌에서 앙리에게 여자가 아쉬울 리는 없었고, 상드라 역시 처음부터 남편의 일탈에 대해 알고 있었다. 하지만 여자가 많고 관계가 요란했음에도 앙리 크레송은 신기하게도 자신의 외도를, 자신을 통해서든 다른 사람들을 통해서든, 아내의 귀에 들어가지 않도록 했다. 그는, 흔한 표현대로 '파리에 올라갔다'가 상쾌한 기분으로 내려왔고 그 일에 대해 한마디도 하지 않았다. 그것은 실제로는 도저히 존경할 수 없는 아내에게 최소한의 배려를 표하는 그만의 방식이었다.

그것은 또한 그와 아들의 유일한 공통점이기도 했다. 그러니까 뤼도빅 크레송 역시 '파리에 올라갔다'. 하지만 뤼도빅의 경우 고등상업학교 공부를 하기 위해서였다. 사실 합격할 희망은 없었지만 명목은 그러했다. 뤼도빅이 열여덟 살이 되도록 여자 경험이 없었다는 것은 그가 외롭게 자랐다는 것, 다른 가엾은 시골 출신 소년들처럼 학창 시절을 거의 학교에 갇혀 보냈음을 말해 주었다. 당시 앙리 크레송은 여자 경험이 전무한 아들에 대해 막연히 걱정스러워하고 있었다. 그랬던 만큼 아들이 파리로 올라간 지 두 달 후 파리의 꽃집에서 보내온 여러 장의 청구서를 받고 겁에 질렸다. 아들이 여기저기로 꽃을 보낸 것이다. 뤼도빅이라면 어리석게도 파리 여자와 사랑에 빠져 여자를 임신시키고도 남을 터였다. 그래서 앙리 크레송은 직접 파리로 올라갔다. 그런데 아들의 꽃다발을 받은 사람들은, 호의와 서비스를 제공해 준 직업여성들이었다. 앙리는 어안이 벙벙했다. 마음이 놓이긴 했지만, 이번에는 하나뿐인 자식의 지적 수준이 걱정스러웠다. 앙리는 창녀들에게는 꽃을 보낼 필요가 없다고 아들에게 설명해 주었다. 점심 식사를 하면서 그 말을 들은 뤼도빅은 의아해했다. "왜 보낼 필요가 없어요? 양갓집 여자들은 나에게 몸을 허락하지 않는데도 꽃을 보내야 하고, 나에게 서비스를 해 준 여자들에게는 꽃을 보낼 필요가 없다니요."

"오, 그럼 너 하고 싶은 대로 하렴." 마침내 앙리는 그렇게 말할 수밖에 없었다.

뤼도빅은 신이 나서 그런 매너 있는 행동을 계속했다. 그가 불행해진 것은 얼마 후 마리로르를 만나면서였다. 그는 사랑에 빠졌고 자신보다 상대의 삶이 너 중요해졌고 그래서 불행해졌다. 사랑하는 이와 삶을 공유하지 않았다면 덜 불행했으리라.

한편 마리로르는 자기 자신을 제외한 대상에게 그

런 사랑을 기울이는 것을 좋아하지 않았다. 그녀의 부모인 캉탱과 파니 크롤리는 언제나 서로를 사랑했고 흠 없는 애정과 열정과 친밀함의 모범을 보여 주었다. 하지만 마리로르는 그런 이유로 그들을 경멸했다. 캉탱과 파니는 본능적으로 자신들의 딸을 피하고 심지어 겁내는 듯했다.

캉탱이 비행기 사고로 죽자 파니 크롤리는 절망에 빠졌다. 그녀는 모든 이들의 눈앞에서 모습을 감추었다. 얼굴에서 표정이 사라졌고, 목소리에서 생기가 사라졌다. 그녀 자신에게는 삶이 사라진 것 같았다. 경제적으로 쪼들리자 그녀는 일을 하지 않을 수 없었다. 친구들의 주선으로 의상실에 취직을 했고, 그곳에서 타고난 상냥함과 친절함, 타인에 대한 배려 덕택에 점차 자리를 잡고 딸과 함께 생활하기에 충분한 돈을 벌 수 있게 되었다. 하지만 마리로르에게는 그것으로 충분치 않았다. 뤼도빅이 갑자기 흥미로운 존재로 부상했다.

　뤼도빅이 마리로르의 계산과 그녀 아버지의 죽음을 연관 지어 생각하지 않은 것은 그저 그러고 싶지 않아서였다. 그가 마리로르에게 구혼했을 때, 파니조차도 딴청을 피웠다. 친구들은 그가 예컨대 군에 입대해 아프리카나 그 어딘가로 떠나기라도 하는 것처럼 마지못해 축하의 말을 건네고는 화제를 돌렸다. 마치 콩깍지가 벗겨지면 그 선택을 후회하리라고 여기는 듯했다. 하지만 뤼도빅은 그 모든 반응을 의식하면서도 결정을 재고할 생각을 하지 않았다. 사랑에 미쳐 있었던 것이다. 그리고 당시 마리로르는 영리하고 신중하게 그를 관리하고 감시했다. 여리고 상처 입기 쉬운 돈 많고 시간 많은 청년 뤼도빅 크레송에게 어린 아가씨든 성숙한 여자든 접근하지 못하게 했다. 태어나면서부터 제대로 된 애정을 받아 본 적이 없고 여자 경험이 늦었던 뤼도빅 같은 남자를 손에 넣는 것은 결코 어려운 일이 아니었다. 그는 19세기

「트리스탄과 이졸데」의 주인공처럼 사랑을 세상에서 가장 진지한 문제로 여기고 있었다.

그런 진지한 몰입 덕분에 뤼도빅은 많은 친구 관계에서 성공을 거두었지만, 마리로르에게서는 결정적이고 순전한 경멸만을 이끌어 냈을 뿐이었다. 삶은 투쟁이었다. 두 사람 중 하나가 주도권을 쥐어야 했고, 승자는 언제나 예외 없이 그녀, 마리로르였다. 뤼도빅이 열정과 인내와 애정으로 최선을 다하는 좋은 연인이었음에도, 마리로르는 육체적인 관계가 혐오스럽고 지루하고 두려웠다. 반면 뤼도빅은 마리로르와 함께 그녀의 부모처럼 서로에게 의지하는 커플, 플라톤의 사과처럼 하나에서 갈라져 나와 갖다 대면 꼭 맞물리는 그런 커플이 되기를 꿈꾸었다.

2

 층계에서 규칙적인 발소리가 들려왔다. 계단 하나, 탁, 계단 둘, 탁탁, 층계참, 탁탁탁탁, 내려오는 사람이 젊은 이인 듯했다. 휘파람 소리가 이어졌다.(프레드 애스테어[5]의 곡조였으므로 좋은 징조였다.) 마지막 두 개의 계단을 내려오면서 그 젊은이는 나이를 단번에 서른 살 더 먹은 것 같았다. 나타난 사람은 상드라의 잘생긴 남동생 필립 르바유였다. 긴 세월 동안 유혹자와 식객 노릇에 이골이 난 그가 매형 앙리의 집에 머무는 빈도가 점점 더 잦아지고 있었다. 사실 필립은 오래전부터 시골을 몹시 싫어했지만, 오 년 전부터는 그 사실을 입 밖에 내어 말할 수 없는 처지가 되고 말았다.

---

[5] Fred Astaire(1899~1987). 미국의 영화 배우.

그는 미남이었다. 그러니까 한때는 미남이었고 그 사실을 결코 잊지 않았다. 그 사실을 자랑스러워하는지 안타까워하는지는 그날그날 상황에 따라 달랐다. 키가 크고 여윈 몸에 발꿈치를 축으로 몸을 빙글 돌리기를 잘하는 기운 찬 그는, 에롤 플린[6]식으로 기르던 콧수염이 최근 탈모로 듬성해져서 유행에 뒤진 아류 같은 인상을 그나마 피할 수 있었다. 하지만 있지도 않은 콧수염을 천천히 쓰다듬는 버릇은 여전히 남았다. 미남에다 부자이고 집안 좋고 건방진 스물두 살의 청년 필립 라바유는, 어리석고 유혹에 약한 여자 '제트 피플'들이 그런 형의 남자들에게 열어 주는 다양한 세계에 뛰어들었다. 그는 유산을 모조리 탕진했으나 누군가와 나눠 쓴 적이 없었고, 여자들을 정복할 줄만 알았지 사랑한 적은 없었다.

---

[6] Errol Flynn(1909~1959). 오스트레일리아 출신으로 미국에서 활동한 영화배우.

오랜 세월 동안 이곳저곳에 초대를 받아 야자수나 호화 저택이나 스키 트랙이 보이는 곳에서 주로 지냈다. 오 년 전부터는 무슨 선물처럼 주어진—그는 그렇게 생각했다—감상적인 여행길에 올라 자신이 갔던 곳을 되짚어 가는 중이었는데, 고약한 추억을 떨쳐 내듯 이내 그 여정으로부터 돌아오곤 했다. 어쨌든 그는 이제 그 저택 안에 서서, 마치 보이지 않는 사진가를 위해 포즈라도 취하는 듯 딱한 모습으로 미소를 짓고 있었다. 그 포즈는 그가 이 집 저 집, 이 거울 저 거울로 옮겨 갈 때마다 빼놓지 않고 갖고 다니는, 할리우드를 배경으로 존 웨인과 마를레네 디트리히 사이에 자랑스럽게 서서 찍은 옛날 사진 속에서와 똑같았다. 금시계 몇 개, 이제는 낡아 버린 아름다운 면스카프 컬렉션과 더불어 그 사진은 그의 가장 소중한 재산일 터였다.

"집이네요! 마침내 집에 왔어요!" 그가 상드라와 뤼도빅에게 다가오며 외쳤다.

그는 친근하면서도 조심스러운 눈길로 뤼도빅을 살폈다. 사실 의붓조카는 머리가 이상해진 것처럼 보이지는 않았지만, 어쨌든 저택의 안주인인 누나에게 들은 말인 만큼 사실일 터였다.

"정말 좋아 보이는걸, 뤼도빅!" 그가 반쯤은 놀라고 반쯤은 기쁜 어조로 외쳤다.

뤼도빅은 피곤한 기색으로 미소를 지었다.

"고맙습니다." 그가 대답했다.

"이렇게 다시 보니 정말 좋구나!"

이번에는 상드라가 숨을 가쁘게 내쉬며 남동생 쪽으로 몸을 돌리며 외쳤다.

"넌 어쩌면 이렇게 잘생겼니!"

방문할 때마다 조금씩 허물어지고 있긴 했지만 필립의 잘생긴 외모는 그의 유일한 밑천이었으므로, 상드라는 그것을 언급하는 것을 잊지 않았다.

"아, 드디어 너도 내려오는구나!" 가벼운 걸음으로

층계를 내려오는 마리로르를 발견하고 상드라가 덧붙였다. 마리로르는 오후에 입고 있던 드레스 차림이었는데, 저녁이 된 지금은 거기에 보석 브로치를 꽂고 있었다. 뤼도빅은 그 브로치를 사 준 기억이 없었지만 그런 것에 대해 깊이 생각하지 않는 듯했다.

필립은 마리로르가 하고 있는 보석을, 이어 뤼도빅을 바라보았다. 두 사람이 서로를 냉랭하게 대한다는 사실을 발견하고는 그저 미소만 지었다.

앙리 크레송이 다가오자 모두 그에게로 관심을 돌렸다.

"여보, 오늘 저녁 식사를 좀 일찍 해도 괜찮겠소? 우선 내가 피곤한 데다 시장하기도 하고, 또 꼭 봐야 하는 텔레비전 토론 프로그램이 있어서 말이오. 노조 측과 사주 측 간의 토론인데 꽤 격렬할 것 같소." 그가 정치적인 이야기를 할 때면 동원하는 빈정거리는 태도로 말했다.

"그럼요. 괜찮고말고요. 자, 저녁 준비는 다 되어 있어요. 지금 식탁으로 가요. 마르타가 곧 음식을 내올 거예요."

●

저택의 주인으로서 앙리는 혼란스럽고 정신없는 거실의 실내 장식을 거북하게 여긴 적이 한 번도 없었다. 다만 여러 가지 장애물을 피해 다녀야 하는 번거로움을 감수할 사람은 아니었다. 그는 거실 반대편 끝에 있는 자기 서재로 통하는 통로를 따로 만들게 했다. 오직 그만을 위한 복도 같은 것이었다. 그러지 않았다면, 거실 바닥에 고정되어 있지 않은 물건들은 지금쯤 그의 혈기왕성한 발길질에 모조리 흠집이 나고, 작은 모로코식 쿠션 의자는 고딕풍의 궤짝 위에 나동그라져 있을 터였다.

복도 끝에 있는 식당 겸 거실에는 그의 전용 텔레비전이 놓여 있었다. 엄밀히 말하자면 바닥을 높이고 식탁을 놓은 공간이었다. 식탁보가 덮인 식탁에는 다섯 사람을 위한 상이 차려져 있었고, 그 앞에 놓인 가죽 안락의자 다섯 개 중 하나는 높다란 등받이를 완전히 뒤집어 앉는 방향을 바꿀 수 있었다. 그래서 앙리 크레송은 같은 자리에서 그로부터 2미터 정도 떨어진 프렌치도어 앞에 놓인 전용 텔레비전을 볼 수 있었다. 식사는 물론 가족들을 마주 보고 했다. 하지만 식사가 끝나고 식탁보가 걷히면, 그 탁자 위에 시골에 사는 사업가에게 꼭 필요한 팩시밀리 같은 것들이 다시 놓였다.

앙리는 단호한 걸음으로 8미터 정도 되는 복도를 지나 '식당 겸 사무실'에 이르러서는, '애드 혹' 체어[7] 위에 서류 가방을 던져 놓고 전용 의자에 앉았다. 그 식당을 고안해 낸 사람은 앙리 크레송 자신이었다. 맞은편에 두 남자가 앉았고, 양옆으로 두 여자가 앉았다. 식사가 끝나자

---

[7] 프랑스 디자이너 장마리 마소의 디자인 가구.

마자 그는 의자의 방향을 전환해 전용 텔레비전을 볼 수 있었는데, 그것이야말로 그가 꿈꾸던 것임에 분명했다. 그가 보고 싶어 하는 프로그램이 다른 사람들이 원하는 프로그램과 일치하는 적은 결코 없었다. 그는 짧은 식사 시간 동안 이미 싫증이 난 사람들의 수다에서 벗어나 정신적 고독을 누리고 싶었다. 식사 시간이면 저택의 주인인 앙리의 머릿속에는 이런 냉철한 생각이 떠오르곤 했다. 그의 아들은 머리가 좀 이상해진 것 같고, 며느리는 속물에다 어리석으며, 아내는 못생기고 우둔하고, 처남은 멍청한 식객이었다! 그는 그런 상황을 운명인 양 차분하게 받아들였지만, 이따금 생각지도 못한 참을 수 없는 분노가 발작적으로 터져 나오는 것까지 막을 수는 없었다.

모두들 서둘러 자리에 앉았다 — 그렇다고 점잖은 태도까지 포기한 깃은 아니었다. 새 보석 브로치를 단 마리로르는 특히 신경을 쓰며 자리에 앉았다. 하지만 앙리 크레송은 며느리의 보석에 눈길조차 주지 않았다. 식탁 앞에 앉자마자 상드라는 시시한 미국 영화 속의 주부를 연상시키는 진부한 레퍼토리를 늘어놓았다.

"맙소사, 여보, 가여워라. 당신 정말 지쳐 보이네요! 끔찍한 사업 파트너들과 낮 시간을 보낸 다음 이런 가족이 있는 집으로 퇴근하는 게 어떤 건지 사람들은 알까요? 그 괴리가 정말 엄청날 거예요! 피곤할 만해요."

그녀가 남편에게 애정에 찬 미소를 지어 보였지만, 크레송은 자주 식탁에 오르는 진한 수프 그릇에서 눈길을 들지 않은 채 나직하게 대답했다.

"내가 하루 종일 상대한 건 거친 사업 파트너들이 아니라 게으른 멍청이들이라오, 여보. 그러니 상황이 전혀 다르지. 그 많은 숫자들과 씨름한 다음 몸을 피할 집이 있어 다행스러운 건 사실이오."

마리로르가 채색 판화의 이미지를 연상시키는 진부한 표정을 지으며 날카로운 목소리로 말했다.

"그러니까 말하자면 병사의 휴식 같은 거겠네요, 어머니." 그녀가 약간의 비난이 섞인 어조로 애교 있게 말하자, 필립은 쿡쿡거리며 웃었고, 상드라는 고개를 숙이면서 기쁨으로 얼굴을 붉혔다. 방에서 나와 사람들과 어울린 것은 역시 잘한 일이었다. 한편 뤼도빅은 언제나처럼 아무 반응도 보이지 않았다.

약간 창백한 안색으로 마리로르는 갑자기 싸늘해진 시아버지의 눈길을 불평 없이 받아 냈다.

"저번에 내가 길에서 누굴 만났는지 알아요?" 상드라가 큰 소리로 물었다. 이유는 알 수 없었지만 분위기에서 폭풍우의 전조를 느꼈던 것이다. "프랑스의 왕녀를 만났답니다!"

좌중에 침묵이 감돌았다. 앙리는 상드라의 뜬금없는 말을 감당하기 어려운 듯, 괴로워하는 듯한 태도로 다시 한번 말해 보라고 했다.

"투르에 갔을 때 길에서 프랑스의 왕비를 만났다고

요. 알다시피 드 부아요 부인은 발루아가 사람이잖아요. 그런데 갑자기 부르봉가 사람들이 궁정에 들어와 관직을 모조리 독차지하고 마음대로 나눠 가졌죠. 드 부아요 부인은 백작의 직계손이죠…… 그 백작 이름이 뭐였더라. 백작은 별 이변 없이 쉽게 왕위에 올랐잖아요. 따라서 부르봉가 사건만 없었다면, 부인은 틀림없이 프랑스의 왕녀이자 상속녀가 되었을 거예요……."

그녀는 몹시 흥분해 안색이 약간 보랏빛으로 변해서는 자신이 무슨 말을 하는지 알지 못한 채 떠들어 대고 있었다.

"부르봉가의 협잡 말고도 다른 상황들도 있었을걸요, 안 그래요?" 필립이 냉소를 지으며 말했다. "어쨌든 누나는 왕녀께 예를 갖추어 절을 올렸겠지요. 십 대 때 그렇게 절하는 연습을 하곤 했잖아요. 그런데 틀림없이 다른 문제들도 있었을 거예요."

"그 말을 들으니 이 자리가 더 행복하군!" 앙리가

빵을 씹으면서 소리쳤다. 그 정도로 그는 가족에게 싫증이 났던 것이다. "당연히 다른 문제들이 있었지. 그 부인, 그러니까…… 그 부인 이름이 뭐라고 했소? 부인 이름이 뭐냐고, 상드라? 그 여자가 얼마나 고약한지는 뒷모습만 봐도 알 수 있다니까! 텔레비전에 미남 미녀들이 매일같이 나오는데 우리가 그런 못생긴 여자를 꼭 봐야 하는 거요?"

상드라가 어깨를 으쓱 올리며 말했다. "그건, 그러니까 불가항력적인 거잖아요. 그분이 현재 파리의 공작 부인이어서는 안 될 이유가 어디 있겠어요? 이 지역에서 프랑스의 왕녀가 나왔다면 정말 흥미로웠을 거예요."

"장애물의 하나로 프랑스 대혁명을 들 수 있지요." 뤼도빅이 끼어들었다.

네 사람의 놀란 눈빛을 본 그는 스스로를 추스르고는 자신을 방어라도 하듯 한 손을 들어 올리며 말했다.

"그냥 해 본 말입니다……."

뒤이어 어색한 침묵이 흘렀다. 모두 대화를 다시 시작하려 애썼지만 결국 포기하고 말았다.

"넌 오늘 산책 좀 했니?" 앙리 크레송이 아들에게 물었다. 질문을 받고 뤼도빅은 소스라쳐 놀랐다.

"예, 아버지, 연못까지 갔었어요. 카루브의 오래된 연못들 기억하세요? 정말 멋지죠."

"요컨대 낮에는 저 애를 도통 볼 수가 없어요." 상드라가 어깨를 으쓱하며 중얼거렸다. 그런 다음 좀 더 큰 소리로 덧붙였다. "저 애에게는 이성도, 지능도, 기억도 없는 거예요."

"멍청이들과 어울려 투르로 나가서 고주망태가 되는 것보다는 낫잖소." 크레송이 말했다. 그는 아들에게 가볍게 미소를 지어 보였지만, 불행히도 뤼도빅은 그 미소를 보지 못하고 언제나처럼 다시 방심 상태에 빠졌다. 누군가 그의 이름을 부르기 전까지는 거기서 나오지 않을 터였다.

"내 생각에 당신은 하루 종일 침대에서 전화를 붙잡고 있었거나 방 밖으로 나오지 않은 것 같군." 앙리가 아내에게 내뱉듯이 말했다. "여기 모인 사람 중에서 생산적인 일을 한 사람은 뤼도빅뿐인 것 같은데. 그 애는 적어도 산책을 했잖소."

"하지만 저 애가 매형 소유지의 어느 한 구석이라도 제대로 봤는지는 의심스럽네요. 저 애가 뭘 할 수 있는지 모르겠어요. 어딘가에서 양치는 처녀애가 저 애를 기다리고 있다면 또 모를까······." 필립이 말했다.

"양치는 처녀 같은 건 더 이상 없네." 앙리 크레송이 차가운 어조로 말했다. "그리고 이 경우 산책을 저 애 혼자 하지는 않았을 걸세. 넌 어떠냐? 마리로르, 저 애의 산책에 동행하지 않은 거냐, 어째서? 도대체 저 애와 같이 다니는 일이 없구나."

"사실 전 산책을 별로 좋아하지 않아요."

"저 애가 집에 돌아온 지 한 달이 되었는데 한 번도

저 애를 따라 산책을 나가지 않았단 말이냐?" 앙리가 힐난조로 물었다.

"어제로 한 달 하고도 십오 일 되었지요." 마리로르가 인정했다. "제가 파리를 떠난 게 7월 7일이었어요. 여러분과 만나기 위해 알프마리팀[8]을 떠난 건 그 전이었고요. 그러니까 정확히 사십칠 일 된 거죠."

그녀의 신랄한 어조 때문에 47이라는 숫자가 몹시 불쾌하고 부담스럽게 들렸다. 거북한 침묵이 다시 좌중을 감쌌다. 상드라가 저택의 안주인으로서 심사숙고한 끝에 다시 그 침묵을 깼다.

"파티 초대장을 보내야 한다는 생각을 하고 있어요. 뤼도빅의 기적적인 귀환을 축하하기 위한 파티 말이에요. 기억을 떠올려 보세요……! 생각해 보시라고요, 9월

---

[8] 프랑스 최남동단에 위치한 지역. 중심 도시는 니스.

말에 하기로 했었잖아요. 날짜까지 정해 놓고는 잊어 버렸네요. 맙소사! 그걸 잊다니 내가 미쳤나 봐요." 그녀는, 자랑으로 여기는 고갯짓을 꾸며 내는 것을 한순간 잊고, 아무렇게나 고개를 흔들어 대며 그렇게 덧붙였다.

●

앙리 크레송의 두 번째 아내인 상드라 크레송은 오래전부터 자신의 권위와 매력을 확실하게 드러내기 위해 꾸며 낸 고갯짓을 동원하곤 했다. "여자라면 언제나 사람들의 마음을 얻을 수 있는 특유의 고갯짓이나 권위 같은 것을 갖고 있어야 해요. 그건 무기인 동시에 방패라고 할 수 있어요, 내 말 믿으세요." 그녀는 입버릇처럼 말하곤 했다.(체중이 20킬로그램 불어난 것 외에 내세울 만한 것이 거의 남지 않자 그 말을 하는 빈도가 점점 더 잦아졌다.)

그 말을 듣는 데 넌덜머리가 난 앙리는 어느 날, 중요한 것은 머리를 기울이는 방식이 아니라 머릿속에 든 것이라고 쏘아붙였다.

"속 빈 조개껍데기를 어떻게 흔드느냐에 왜 그렇게 집착하는 거요?"라고 짚어 말하기까지 했다.

"무슨 말을 하든 당신 자유지만 말이에요, 앙리, 여자의 목과 어깨와 목덜미는 그녀가 받은 교육과 권위를 드러낸답니다." 그녀가 대답했다.

그러자 앙리는 황소 같은 어깨를 으쓱하며 대답했다.

"뭐, 제멋에 사는 거니까."

"내일 당장 시작하는 게 좋겠어, 안 그래, 마리로르? 보내야 할 초대장이 300장이나 된다고…… 내 말 제대로 알아들은 건지 모르겠네!"

"양치기 처녀들 초대하는 거 잊지 마세요. 그들을 빼놓으면 안 된다고요!" 필립이 농담을 던졌다.

그는 유쾌한 태도로 좌중의 웃음을 끌어내려 했지만 그럴 분위기가 아니었다.

"혹시 양치기 처녀들이 아직 있다고 해도, 그가 그들을 초대할 것 같으세요?" 마리로르가 비꼬는 어조로 물었다. "요컨대 그가 처녀들을 연못 속으로 밀어 넣지만 않는다면 우리가 상관할 일이 아니죠……."

마리로르는 한없는 인내심을 지닌 정숙한 아내 같은 표정을 지었다.

크레송가 사람들은 사고 이후 뤼도빅을 이름으로 부르지 않는 습관을 갖게 되었다 그들이 생각하기에 진짜 뤼도빅은 죽고 없었다. 그래서 그들은 뤼도빅을 부를 때 이름이 아니라 '그'라고 했고, 그가 눈앞에 있는데도 마치 그 자리에 없는 사람처럼 그에 관한 이야기를 했다. 그럴 때면 뤼도빅은 멍한 눈길로 창 너머 들판을 바라보곤 했다.

앙리 크레송이 갑자기 마리로르를 쳐다보며 의미심장한 목소리로 물었다.

'친애하는 마리로르, 그렇게 정확한 걸 좋아한다니 좀 물어보자. 지금 몇 시인지 말해 줄 수 있겠니?"

"8시 20분이 다 되어 가네요." 그녀가 시아버지를 향해 눈길조차 들어 올리지 않은 채 대답했다.

"정말 고맙구나. 그럼 난 이만 실례해야겠다. 정말이지 그 토론을 봐야 하거든. 절대 놓치고 싶지 않다. 고맙다, 나중에 보자." 앙리 크레송이 말했다.

●

의자의 방향을 돌린 그는, 디저트를 앞에 놓고 손에 스푼을 들고 있는 사람들에게 냉정하게 등을 보이며 돌아앉았다. 그런 다음 리모컨을 집어 들어 텔레비전을 켰다. 잠깐 지직거리는 소리가 나고 일기 예보에 이어 그가 보고 싶어 하던 프로그램이 시작되었다.

또 한 대의 텔레비전은 모로코 풍 거실과 핀란드 풍 거실 중간에 놓여 있었다. 나머지 네 사람은 중국 풍 긴 의자에 자리를 잡고 텔레비전을 켰다. 대부분의 일반 시청자들처럼 그들에게도 고를 만한 좋은 프로그램이 그리 많지 않았다. 예외적으로 미국 드라마 하나를 모두 흥미로워했다. 이제 방영될 것은 열 개의 에피소드 중 마지막 회로, 네 사람은 이제까지 방영된 내용을 모두 알고 있었다. 필립은, 성깔 있고 야심 찬 아내와 타락한 자식들 사이에서 궁지에 몰린, 유능한 사업가인 중년 남자들이 벌이는 애정 행각을 다룬 그 드라마를 상드라나 마리로르만큼 좋아했다. 뤼도빅은 그 드라마를 몇 편 보았지만 별로 끌리지 않아서 시작하자마자 졸기도 했다. 그럼에도 그는 흥미로운 척하며 드라마를 보기 위해 다른 사람들과 함께 소파에 앉았다. 십 분에 걸친 광고에 이어 아름답고 비극적인 음악을 배경으로 도입부의 타이틀이

나온 다음 드라마가 시작되었다.

한편 앙리 크레송이 보는 프로그램에서는 고용주 측을 대표하는 노동조합 반대자들이 나와 있었다. 그는 벌써 하품을 하면서 그들의 이야기를 들었다. 문제의 미국 드라마는 해피엔드였는데 정말 다행이었다. 왜냐하면 그때까지 프랑스 시청자들 모두 눈물을 흘리면서 그 드라마를 봐야 했던 것이다. 상드라와 마리로르는 감동적인 몇몇 장면 때문에 눈이 충혈되어 있었다. 하지만 필립은 나오려는 눈물을 매형 앞이라 애써 억제했다. 드라마를 보면서 울었다가는 보름 동안 놀림을 당해야 할 터였다. 그는 애써 눈물을 억제하며 태연한 척 뤼도빅을 힐긋 바라보았다. 뤼도빅은 시종 신중하고도 순진한 태도로 드라마를 시청했고, 마지막에 요란한 음악이 나오고 나서야 비로소 자세를 바꾸었다.

앙리의 텔레비전에서는 양쪽 대표들 모두가 작별

인사를 하면서 속마음을 노골적으로 드러내고 있었다. 선거철이 다가오고 있었으므로, 정치인들로서는 이것저것 가릴 여유가 없었던 것이다. 장황한 토론이 끝나고 조용해지자 앙리는 소스라치며 정신을 차렸다. 그는, 벌써 한참 전부터 심기가 거슬리던 사람들로 채워진 화면으로부터 몸을 돌렸다.

"줄곧 한심한 소리만 늘어놓는군. 양쪽 다 어리석기는! 아, 우리 국민이 가엾다!" 하고 말하며 그는 커다란 만족감이 밀려오는 것을 느꼈다. 전날 주식 투자로 큰 이익을 본 것이 생각났던 것이다. 그 일을 함께 축하할 수 있는 사람은 아부에 능한 그의 비서뿐이긴 했지만.

그는 가족들에게는 그런 일은 전혀 말하지 않는 편이었다. 그가 불쑥 자리에서 일어나며 다시 말했다.

"어쨌든 여러분이 미국 멜로드라마를 보는 데 이 토론이 방해가 된 것 같지는 않군!"(그것은 어느 정도 자기 입장만 고려하고 한 말이었다. 왜냐하면 그의 배 속에서 나는 요란한 꾸르륵 소리가 네 개의 거실 공간을 가로질러 다른 사람들에게까지 들려왔던 것이다.) 이어 그는 이렇게 덧붙였다. "자, 그럼 모두 좋은 저녁 보내기를."

그는 풀어 놓았던 가죽 멜빵을 어깨 위로 끌어 올리며 걷기 시작했다. 발에 걸리는 작은 크메르 조각상을 걷어차고는 정원을 한 바퀴 돌려는 듯 밖으로 나갔다. 조각상은 짧게 포물선을 그리며 날아올라 모로코 풍 쿠션 위에 떨어졌다.

가을 저녁 바깥 날씨가 쾌적했다. 같이 드라마를 본 사람들이 세 주인공에 대한 아쉬움 또는 애정으로 열띤 반응을 보이며 이야기를 나누고 싶어 하지 않았다면, 뤼도빅 역시 아버지와 함께 정원을 산책했으리라.

그들은 미국 드라마답게 세련된 기법으로 '해결'을 본 그 근사한 드라마에 대해 세밀하고 심도 있는 의견을 나누고, 등장인물들의 풍부한 지성과 감성과 재기에 감탄했다. 이윽고 상드라가 드라마의 마지막 구절을 인용했다. "예스, 마이 디어 미세스 스콧, 당신은 그를 사랑하죠. 하지만 죽을 만큼은 아니에요. 사랑은 때때로 죽음에 이를 정도로 사람을 상처 입힌 다음에야 끝난답니다." 여주인공의 흑인 유모가 한 이 말을 인용하면서 상드라는, 그런 영화들에 종종 나오는 건실한 태도를 지닌 '충직한 노예'의 억양을 흉내 냈다. 라 크레소나드의 안주인에게는 어울리지 않는 억양이었다. 필립은, 자기 누이와 어울리지 않는, 남프랑스 여자를 연상시키는 온후한 억양에 웃음이 터져 나오는 입을 손으로 막으며 자기 방으로 가 버렸다. 상드라와 마리로르는 몇몇 장면에서 자신들이라면 다르게 행동했을 거라며 이야기를 이어 갔다. "그래, 그래, 그건 인정하자고." 뤼도빅의 두 발이 멕시코 풍인지 베두인 풍인지 알 수 없는 소파 밖으로 나와 있는 것을 보면서 상드라가 한 줄기 연민이 담긴 어조로 그에게 물었다.

"넌 어땠니, 뤼도빅, 드라마가 재미있었니?"

"정신을 집중해서 보지는 않았어요." 하고 그가 털어놓았다. "그런데 처음에 들은 대화는 좀…… 처지는 것 같던데요."

"무슨 대답을 기대하신 거예요." 실망한 상드라에게 마리로르가 말했다. "그가 평생 본 영화라고 해 봐야 다섯 편을 넘지 않고, 평생 읽은 책이 열 권도 안 될걸요. 그는 그림 한 점도 제대로 감상한 적이 없다고요."

뤼도빅은 두 여자의 경멸에 찬 어조에 아랑곳없이 미소를 지으면서 자신은 언제나 시를 사랑하고 즐겨 읽어 왔노라고 차분하게 말했다. 두 사람이 그 말을 못 미더워하자 그가 갑자기 시를 읊기 시작했다.

당신의 두 눈은 아무것도 드러내지 않네
애정도, 쓰라림도
그것은 두 개의 차가운 보석

금과 철만으로 이루어졌다네

"당신은 시에서까지 여자들에 대한 원한을 드러내는군. 가엾은 베를렌, 그의 시를 이렇게 인용하다니!" 마리로르가 한마디 했다.

"이건 보들레르 시일 거야." 뤼도빅이 부드러운 어조로 상대의 말을 정정했다. 자신만만하던 마리로르는 그 말에 당황해 신경이 곤두선 듯했다.

"내일 사전을 찾아 확인해 보도록 해." 그녀가 웃으며 말했다.

그런 다음 그녀는 시어머니의 팔을 잡았다. 그 시의 저자가 베를렌인지 보들레르인지 알 수 없었던 상드라는 말없이 며느리의 부축을 받으며 계단을 오르기 시작했다. 두 여자는 두 마리 염소처럼 뻣뻣한 자세로 그렇게 층계를 올라갔다. 마리로르는 화가 나서 뾰족한 턱을 앞으로 내밀고 있었다. 그녀는 화가 나면 언제나 몸에 기운이 솟았다.

●

 거실의 전등과 텔레비전들은 집사의 조심스러운 손길에 이미 꺼져 있었다. 경사로의 난간을 따라 설치된 전등에만 불이 들어와 있어 섬뜩한 느낌이 들었다. 그토록 다양하지만, 추하다는 점에서 모조리 비슷한, 모든 시대를 아우르는 실내 장식을 비추는 전등 빛은 그 순전한 추함을 거의 편안하게 느껴지게 했다. 앙리 크레송은 오래전부터 자기 집 소비에 부르주아적 규칙을 적용해 전등 스위치를 끄는 일 같은 것에 신경을 쓰지 않았다. 그는 상드라가 쓰던 40와트 전구를 200와트로 바꾸었다. 아내가 쓰는 약한 조명은 그를 우울하게 만들었다. 그는 집 안 어디가 되었든 간에 80와트 이하의 전구를 끼우지 말라고 지시하기까지 했다.

상드라 역시 앙리처럼 전등이나 텔레비전을 끄는 것에 신경을 쓰지 않았고, 그 밖에도 몇 가지 어이없는 습관 때문에 결과적으로 에너지를 많이 쓰는 편이었다. 하지만 그녀로서는 거실의 불을 모두 끈 캄캄한 상태에서 층계를 올라갈 수는 없었다. 전기료가 병원비보다는 싸지 않은가. 그런 그녀가 거실에 혼자 남은 뤼도빅에게 외쳤다.

"난간의 전등 끄는 거 잊지 말아라!"

친애하는 계모의 부드럽고도 애정에 찬 한마디였다.

●

뤼도빅과 마리로르의 방은 젊은 부부의 침실, 아니 이제는 사고를 당한 부부의 침실이라고 해야 할 터였다. 그 커다란 방은 언덕에 면한 집 안쪽에 자리잡고 있었고, 작은 층계를 통해 아래쪽 서재와 연결되어 있었다. 젊은 부부는 양쪽을 오가며 간이침대가 있는 서재에서 쉬기도 하고 책을 읽기도 했다.

집안의 백치였다가 기적적으로 치유되어 돌아온 뤼도빅은, 이제 당연히 부부 침실에서 아내와 사랑의 밤을 보내야 마땅했다. 하지만 요즘 그는 일층의 서재 겸 휴게실에서 간이침대를 쓰면서 식물, 책과 함께 지내고 있었다. 지금 그것들은 그에게 무척 쓸모가 있었다.

테라스로 통하는 휴게실의 대형 프렌치도어가 열려 있었다. 뤼도빅은 그 문으로 들어가 재빨리 옷을 벗고 아이나 입음 직한 우스꽝스러운 파자마로 갈아입었다. 그런 파자마를 입는 것에 익숙해진 듯했다. 침대 머리맡에 있는 두 개의 등을 켜 놓은 다음 그는 층계를 올라 부부 침실 앞에서 걸음을 멈추었다.

"마리로르? 마리로르?" 그가 부드러운 어조로 아내를 불렀다.

마리로르가 안에서 벌컥 문을 열었다.

"왜 그래?"

그녀의 목소리가 층계를 지나 여전히 열려 있는 프렌치도어를 통해 밖으로 퍼져 나갔다. 막연히 누군가 들어서는 곤란하겠다는 생각이 든 듯 그녀는 즉각 소리를 낮추었다. 그러고는 이를 악물고 휘파람 소리를 내며 나직하게 물었는데, 그 음성은 조금 전보다 훨씬 더 공격적으로 들렸다.

"원하는 게 뭐야? 또 뭘 바라냐고?"

"난 당신과 함께 지내고 싶어. 난 당신을 되찾고 싶어." 뤼도빅이 감미롭고 예의 바른 어조로 천천히 말했다.

"꿈 깨! 내가 말했잖아, 꿈 깨라고!"

그런 다음 그녀는 입을 다물었다.

마리로르는 계단을 하나 내려서서 분노와 원한으로 일그러진 얼굴로 뤼도빅을 내려다보았다. 나이를 알 수 없는 그런 얼굴이었다. 기다란 기모노 가운의 폭넓은 소맷자락 아래로 여윈 두 손이 나와 있었다. 그녀는 매니큐어가 칠해진 손톱으로 층계 양쪽의 난간을 온 힘을 다해 움켜쥐고 있었다. 마치 그의 목을 조르지 않기 위해서는 그럴 수밖에 없다는 듯이. 그런 그녀의 모습은, 동물원에서 아이들이 겁내는, 매혹적인 동시에 위협적인 커다란 박쥐를 연상시켰다.

뤼도빅 역시 반사적으로 상체를 뒤로 젖히고 나무 난간을 붙잡았다. 그 모습은 사랑하는 두 사람 간의 유희가 아니라 두 철천지원수가 악의를 품고 대치하고 있는 것처럼 보였다.

플라타너스 뒤에서 그 모습을 지켜보는 앙리 크레송의 눈에는 적어도 그렇게 보였다. 나무에 몸을 바짝 붙인 그의 시야에 고개를 푹 숙이고 있는 아들의 뒷모습과 며느리의 얼굴이 들어왔다. 거리는 10미터 정도 떨어져 있었지만 그는 프렌치도어를 통해 불이 환히 밝혀진 실내에서 벌어지는 모든 것을 보고 들을 수 있었다. 눈앞의 장면과 들리는 소리에 그의 표정이 차갑게 얼어붙었다.

"난 이제 다 나았어. 난 당신을 사랑해. 난 다 나았어." 뤼도빅이 천천히 말했다.

"이봐, 나도 당신에게 이렇게 가혹하게 말하고 싶진 않아. 하지만 매일 밤 당신이 같은 주장을 되풀이하니까 어쩔 수가 없네. 당신은 나은 게 아니야, 당신 병은 영원히 나을 수가 없어! 그곳을 방문할 때마다 내가 본 게 뭔 줄 알아? 구속복을 입은 당신, 기어 다니고 물어뜯고 침 흘리고 미치광이 동료들과 바보처럼 웃는 당신을 봤다고. 그걸 어떻게 잊으라는 거야? 그건 정말 끔찍했어! 내가 사나운 짐승과 한 침대에서 잘 수 있을 것 같아? 난 도저히 당신을 안을 수가 없어. 자, 생각 좀 해 봐⋯⋯ 어떤 여자가 그럴 수 있겠어? 그 텅 빈 시선, 축 늘어져 덜렁거리던 두 팔, 정말 역겨워! 알겠어? 알겠냐고?"

앙리 크레송이 있는 곳에서는 며느리의 일그러진

얼굴과 뤼도빅의 축 처진 어깨만을 볼 수 있을 뿐이었다. 앙리의 얼굴에 기묘한 표정이 떠올랐다. 아득히 먼 섬나라의 나무 우상의 얼굴 같은 분노로 가득 찬 표정이었다.

"난 한 번도 누군가를 다치게 한 적이 없어. 그때는 그냥 잠에 빠져 정신을 못 차린 것뿐이야." 뤼도빅이 말했다.

"그걸 당신이 어떻게 알아? 뤼도빅, 우리 이혼하자. 가능한 한 빨리. 부탁이야. 파티가 끝나는 대로 바로 하자고! 영원히 작별하는 거야."

그녀는 몸을 돌려서 층계를 오르기 시작했는데, 마지막 계단에서 발을 헛디뎌 나동그라질 뻔했지만, 이윽고 고개를 숙인 채 방 안으로 모습을 감추었다. 그 비틀거림 때문에 그녀의 연극적인 동작이 그만 우스꽝스러워지고 말았다.

뤼도빅은 천천히 몸을 돌려 층계를 내려가 간이침

대로 가서 그 위에 길게 누웠다. 그의 얼굴에는 앙리 크레송과 똑같은 표정이 떠올라 있었다. 무심하고 아득한, 완전히 무표정하지만 사납지는 않은 표정이. 그는 오래된 성냥을 그어 담배에 불을 붙였다. 아주 쉽게, 손가락 하나 전혀 떨지 않은 채.

3

 투렌의 햇빛이 '아우스터리츠의 햇빛'[9]처럼 눈부시게 반짝이며 방을 가로질러 뤼도빅의 얼굴 위에서 몇 초간 어른거렸다. 마음이 산란하긴 했지만 잘 자고 난 덕택에 그의 얼굴은 편안해 보였다. 눈꺼풀이 파들거렸다. 감은 눈 안쪽으로 한 남자의 모습이 떠올랐다. 마리로르에게 줄곧 혐오감과 이질감을 불러일으켜 온 한 남자의 모습이. 이제 그는 아내가 자신을 왜 그렇게 혐오하는지 알 수 있었다. 그는 분명치 않은 신음을 내지르며 베개 위에서 고개를 돌렸다. 눈을 뜨자 너무 짧은 잠옷 소매 밖으로 나와 있는 자신의 손목이 보였다. 과거의 우람한 팔뚝

---

[9] 1805년 나폴레옹과 대프랑스 동맹군 사이에 벌어진 아우스터리츠 전투에서 태양이 안개를 걷어 가 나폴레옹 군 승리의 초석이 마련되었다.

이 아니라 아이처럼 뼈가 앙상한 손목이었다. 집에 돌아온 후 느껴 온 외로움과 두려움과 환멸감의 정체가 마리로르의 설명으로 이제 밝혀진 셈이었다. 그에게는 암울하고 지리한 요양원의 나날들보다 지금의 상황이 더 잔인하게 여겨졌다. 조금 전 떠오른 그 남자는 그의 달라져 버린 몸과 낯선 태도, 사람들이 그에게 느끼는 혐오감의 원인이었지만 그는 그 남자를 비난할 수조차 없었다. 요양원의 두꺼운 유리문 안에서 그토록 순식간에, 아니 그토록 지리하게 그 남자가 되어 버린 사람이 바로 그 자신이었기 때문이었다. 이제까지 뤼도빅은 자살을 생각해 본 적이 없었다. 요컨대 사고 이후 삶의 시간을 스스로 단축시켜야겠다는 생각 같은 건 하지 않았다. 요양원에서 얼굴을 비춰 볼 수 있는 것이라고는 면도할 때 쓰는 사각형 유리 조각뿐으로 제대로 된 거울이 없었다. 그곳 간호사들은 그 편이 환자들이 삶의 의욕을 되찾는 데 더 효과적이라고 여겼다. 뤼도빅은 이 년 만에야 자신의 얼굴을 제대로 볼 수 있었다. 라 크레소나드로 그를 싣고 오던 앰뷸런스가 어떤 길가 약국 앞에 멈춰 섰을 때였다. 열에 들뜬 듯한 얼굴을 한, 키 큰 낯선 청년의 모습이 유리창에 비쳐 보였다. 집에 도착한 그를 보고 상드라와 마리로르가 다른 언급 없이 "정말 많이 변했네!"라고 애매한 평가를 내렸을 때 그 자리에서 충격을 받지는 않았다. 한편 집사 마르탱이 흡족한 태도로, "지난번 봤을 때보다 훨씬 좋아 보입니다."라고 했을 때에는 웃음을 터뜨리지 않을 수 없었다. 사실 마르탱이 말하는 '지난번'에 그는, 혼수상태에 빠져 종부 성사까지 마친 상태였다. 그가 신을 믿지 않는 채로 죽어 연옥에 갈지도 모른다는 생각에 겁에 질린 사제가 고집을 부려 종부 성사를 주재했다. 하지만 성사 동안 상드라는 뭔가 이상하다는 느낌을 받았다고 했다. 요컨대 그녀는 뤼도빅이 자신의 진짜 상태를 감추고 연극을 하고 있었다고 여기고 그를 비난했다. 물론 당시에는 그런 의혹을 내색하지 않았다. 걸핏

하면 자신을 떼밀거나 툭툭 치는 남편이 두려웠기 때문이었다. 앙리 크레송의 평소 태도로 보아 이해할 수도 있었지만 이따금 그런 행동이 어떤 말로도 정당화될 수 없는 아주 거친 주먹질로 바뀌기도 했던 것이다. 신혼 때 그녀의 잔소리가 길어지면 그는 그만하라는 뜻으로 그녀의 어깨를 톡톡 치곤 했다. 그래도 그녀가 잔소리를 계속하면 그 두드림은 점차 구타로 바뀌었다. 그는 그녀의 몸이 앞으로 튕겨 나갈 정도로 등의 견갑골 사이를 세차게 두들겨 댔다. 혹은 그녀가 숨을 쉴 수 없을 정도로 거칠고 세게 그녀를 껴안기도 했다. 그런 식으로 앙리 크레송은 뤼도빅의 기적적인 쾌유에 대한 상드라의 가설, 곧 뤼도빅이 그동안 자기 상태를 숨기고 있었는지도 모른다는 가정을 들려주려는 시도를 막았다. 그는 질투에 불타는 곰처럼 아내를 강하게 가슴에 당겨 안으며 그녀의 귀에 대고 나직하게 물었다. "당신은 그 애가 죽는 게 낫다는 거요?" 물론 상드라의 말은 그런 뜻이 아니었다. 하지만 아무리 똑똑해도 남자들은 미묘한 뉘앙스 같은 것을 알아차리지 못한다. 한편 마리로르는 같은 여자였음에도 시어머니가 왜 사태를 그렇게 보는지 이해할 수 없었다.

●

다음 날 아침 라 크레소나드 기준으로는 상당히 이른 시각에 사람들이 식당에 모였다. 상드라 역시 기운을 내 식당으로 내려와 있었다. 그녀가 언제나처럼 연민과 감탄이 뒤섞인 어조로 말했다. "그이는 새벽에 집에서 나갔어."

"아침 8시에 출근하는 걸로는 성에 차지 않는 거야." 그녀가 흥분해서 말을 이었다. "오늘 아침엔 6시에 나가더라고. 왜 그렇게 일찍 나가느냐고 묻자 어찌나 대답을 이상하게 하던지⋯⋯ 내가 잘못 들은 게 분명해……."

상드라가 어리둥절해하면서도 묘하게 선정적인 웃음을 터뜨리자, 모두 그녀를 바라보았다.

"뭐라고 했는지 우리한테 말해 봐요. 매형의 심술궂은 말투라면 우리도 익숙하니까요." 필립이 말했다.

"그이가 이러더라고. '여보, 편안한 깃털 베개를 베고 침대에 그대로 있어요. 내가 돌아올 때까지 침대에서 꼼짝도 하지 말고 기다려 줘요!'"

필립과 뤼도빅과 마리로르가 웃음을 터뜨렸다. 상드라 역시 걸터앉아 있던 스툴이 나동그라질 정도로 요란하게 웃었다. 운모판과 불연성 직물로 만든 그 스툴은 손상시킬 수도, 깨뜨릴 수도, 녹이 슬지도, 형태를 바꿀 수도 없는 물건으로 돈이 있어도 쉽게 구할 수 없었다. 그녀는 애써 우아하게 몸을 일으켜 자기 키에는 좀 높은 모로코 풍 쿠션 의자로 옮겨 앉았다.

그녀는 손가락을 들어 올려 집사 마르탱을 불렀다.

"이걸 스웨덴인지 어딘지에 있는 공장으로 보내서 고쳐와야겠어." 그녀가 짐짓 정색을 하고 엄한 어조로 말했다.

"안타깝게도 그 공장은 육십 년 전에 파산했다고 하던데요. 그걸 만든 셰케르라는 실내 장식가가 정원용 안락의자도 만들었다고 해서 누나한테 선물하고 싶었는데 구할 수가 없었어요. 단종되었다네요." 필립이 나직하게 말했다.

"요즘은 아름답고 독창적인 물건들이 유행하지 않는 것 같아." 상드라가 안타까워하며 말했다. 그녀는 '봉우(峯牛)'[10] 박제 아래 떨어진, 자기 몫의 디저트 케이크 조각을 주웠다. 사실 그 박제에는 '등에 혹이 있는 소'라는 뜻인 봉우라는 이름이 어울리지 않았다. 비용이 많이 드는 동시에 자주 손봐야 하는 복원 작업을 거쳤지만 소

---

[10] 등에 혹이 있는 소. 인도와 마다가스카르 등지에서 산다.

의 뼈대와 피부와 머리만을 부분적으로 보존하는 데 그쳤던 것이다.

특이 동물 박물관에서조차 보기 어려운 이 무시무시한 짐승의 박제는 아이들과 반려동물들에게 언제나 공포를 불러일으켰고 어른들의 표정을 일그러지게 만들었다. 세월이 흐르면서 대담한 개들의 입질로 여기저기가 상하고 털이 비늘처럼 떨어져 나간 그 박제는, 공룡시대 이후 지구에 살았던 동물 중에서 가장 추하고 거대했으며 그 어떤 동물과도 닮지 않았다. 그런 봉우의 박제가 지난날 종교재판 사제의 소유였던 고딕 양식의 장롱에 머리를 대고 굵은 꼬리로는 투탕카멘 석관의 복제품을 휘감은 채 거실 안에 버티고 있었다. 어쨌든 그 잔해는 바라보기 고통스러울 정도였는데, 집안사람들은 그것에 더 이상 눈길을 주지 않았다. 그 집에 처음 오는 이들만이 그것을 보고 줄곧 겁에 질리곤 했다. 상드라의 주장대로 그 박제는 몸집 큰 공룡을 능가할 정도까지는 아니더라도 소치고는 정말 거대했던 것이다.

●

 그날 아침 앙리 크레송은 아주 일찍 일어났다. 사실 지난밤 제대로 잠을 자지 못했다. 전날 플라타너스 뒤에서 목격한 마리로르와 뤼도빅이 다투는 장면 때문에 잠자리가 편치 않았다. 그는 아들을 살뜰하게 챙기는 편은 아니었지만, 아들이 그런대로 잘 지내고 있으리라고 습관적으로 믿고 있었다. 그런데 이제 아들이 결코 행복하지 않다는 사실을 알게 된 것이다. 한 지붕 아래서 불평등하고 불길한 싸움이 벌어지고 있었고, 그 희생자는 바로 그의 핏줄, 그의 책임인 아들 뤼도빅이었다. 앙리 크레송은 잠에서 깨면서부터 기분이 저조했다. 가라앉은 기분은 그 자신과 타인들에 대한 분노로 바뀌었다. 또한 사람들로 하여금 동물처럼 짝을 지어 살도록 밀어붙이는 모든 것에 대해 화가 났다. 그의 첫 아내는 예외적으로 그런 삶에 전적인 기권을 표한 셈이었다.

그런 저기압 상태에서 헤어 나오지 못하고, 분노를 가까스로 억누르고 마음을 끓이고 있었을 수도 있지만, 앙리 크레송은 그러지 않았다. 그는 그런 상태를 그만의 논리로 극복했다. 일이 잘 풀리지 않고, 누군가와의 관계가 매끄럽지 않고, 어떤 여자가 예쁘긴 하지만 따분하고, 뭔가를 할 의욕이 생기지 않을 때, 요컨대 그럴 때는 행동을 개시해야 했다. 그런데 어떤 행동을 개시한다?

아, 그랬다. 몸만 컸지 순진하기 짝이 없는 뤼도빅 문제를 현재 영업 중인 그 분야의 전문가와 의논하는 것이 좋을 듯했다. 그는 자동차에 올랐다. 여자의 집이 있는 거리에 차를 주차하기가 어렵다는 사실이 머릿속에 떠올랐다. 하지만 어떻게든 자리를 찾을 수 있으리라. 실제로 그는 주차할 자리를 발견했다.

앙리 크레송은 몰랐지만, 마담 아멜은 약속 시간 훨씬 전부터 그를 맞을 준비를 했다. 그녀는 바를 청소하고 스툴 두 개를 다른 곳으로 치워 버렸다. 마치 사람이 앉도록 만들어진 그 나무 의자들이 원하지 않는 목격자가 될까 봐 두렵다는 듯이. 그런 다음 리카르와 또 다른 위스키 한 병, 페리에, 코카콜라를 꺼냈다. 뭘 원할지 알 수 없었다. 남자들은 변덕스러운 종족이었다. 때로는 취향이 점점 더 괴상해지기도 했다.

앙리 크레송은 거리낌 없는 걸음으로 안으로 들어가 마치 익숙한 곳을 지나가듯 작은 현관을 가로질렀다. 마담 아멜 앞에 이르자 그녀의 손끝을 잡고 몸을 숙여 입을 맞추었다. 그녀가 그런 인사를 무척 좋아한다는 것을 어슴푸레하게 기억하고 있었던 것이다. 그녀는 그것을 신사의 인사법이라고 여겼다.

그는 그녀 옆의 스툴에 앉았다. 앞에 놓인 네 개의

병 중에서 어느 것을 집을까 망설이다가 결국 까치발을 하며 의자에서 일어났다. 사실 사람들은 대개 눈치채지 못했지만 그는 중키에 다리가 약간 짧았다. 스툴에서 바닥으로 내려선 그는 보드카 병을 가져와 탁자 위에 의기양양하게 내려놓은 다음 다시 까치발을 하며 스툴에 앉았다.

마담 아멜은 그런 그를 보고만 있지 않았다. 토닉워터 같은 게 필요하리라고 생각하고 종종걸음으로 왔다 갔다 하며 얼음과 소다수를 가져다 놓았다. 이윽고 그녀는 동작을 멈추고 자신도 보드카 잔을 집어 들었다. 그들은 오랜 친구처럼 혹은 처음 만난 사람들처럼 잔을 부딪쳤는데, 사실 둘 중 어느 쪽도 아니었다.

"여전히 아름답군요." 앙리 크레송이 걸걸한 목소리로 말했다. 자신의 입에서 나오는 칭찬은 다른 사람들의 입에서 나오는 것보다 더 따분하게 들렸다.

"무슨 그런 말씀을요. 여전히 매너가 좋으시네요.

하지만 농담이시겠죠." 그녀가 대답했다.

"난 진지한 문제에 대해서는 농담하지 않는다오." 그가 웃음을 지었다.

그런 다음 그는 갑자기 잔을 들어 보드카를 한 모금 길게 들이켰다. 지금 하고 있는 자신의 행동이 어색하고 터무니없이 여겨졌다. 상담자 역이라고는 해도 어쨌든 분을 잔뜩 바른 여자 앞에서 과한 친절과 배려를 기울이고 있지 않은가. 마담 아멜은 그가 하려는 말이 그렇게 쉽게 꺼낼 수 있는 것이 아님을 즉각 눈치챘다. 그녀는 대화의 물꼬를 트기 위해 불필요한 말 몇 마디를 던졌다. 가벼운 화제를 꺼내는 건 그녀가 잘하는 일이었다. "요즘 어떻게 지내세요? 왜 그동안 그렇게 뵐 수가 없었나요? 일은 잘 되나요? 다들 사장님에 대해, 사장님의 성공에 대한 얘기뿐이에요…… 파리에서도 그런 것 같더군요. 사장님이 정치 쪽에 야심을 갖고 있다는 게 사실인가요?" 하고 그녀는 이런저런 이야기를 시작했다. 앙리 크레송은 그녀의 이야기를 무심하게 들어 넘기다가 마지막 질문에 이르자 한 손을 바닥 쪽으로 펴면서 관심을 보였다.

"정치라니. 그럴 리가! 허튼소리, 완전히 허튼 소리요!"

그녀가 고개를 끄덕였다.

"좋소!" 그가 손바닥으로 카운터를 두드리며 말했다. "당신 시간을 낭비하고 싶진 않소. 내 문제가 뭔지 말하리다. 하나밖에 없는 내 자식 뤼도빅이 심각한 사고를 당했던 거 아시오?"

"그럼요, 알고말고요……."

"좋소. 그런 일이 있은 다음 그 애는 한심한 요양원 같은 곳들을 전전하면서 자신의 시간과 내 돈을 낭비해야 했소. 그러니까…… 정신과 의사들이 처방한, 아무 효과도 없는 약을 엄청나게 투여 받으면서 말이오. 당신도 그런 내용을 아시오? 당연히 아시겠지. 입단속을 해 봐야 소용없는 일이니까⋯⋯."

그가 다시 냉소를 지었다. 마담 아멜은 당혹감을 느꼈다. 예상이 빗나갔던 것이다. 그가 무슨 말을 할지 온갖 추측을 해 두었으나, 아들에 관한 것일 줄은 몰랐다. 이상한 일이었다.

"사실 우리는 아드님에 대한 이야기는 별로 하지 않아요. 좀 더 정확히 말하자면 말을 하긴 하지만 가벼운 얘기만 한답니다. 내용을 모르니까요. 자세한 내용은 모르지요."

"그럴 거요, 그렇겠지, 최근 그 애를 본 적이 있소?" 그가 물었다.

"봤을 리가 없죠. 아드님이 사람들 앞에 나타나질 않는걸요. 시청의 정원사가 사장님 댁에 뭔가를 전하러 갔다가 우연히 아드님과 스쳤다던가 하는 말은 들었어요. 멀리서 보기에 아드님은 좀 여위고 건강해 보였지만 직접 대화를 나누지는 않았다더군요. 그렇게 틀어박혀 있는 건 현명한 일이 아니에요. 아드님은 외출을 하고 사람들 앞에 나서야 해요. 모든 사람들에게 증명해야 한다고요, 그가……."

그녀는 말을 멈추고 어깨를 으쓱 올렸다.

"미치지 않았다는 걸 말이오?" 앙리 크레송이 물었다. "그 애는 지금 멀쩡할 뿐 아니라 과거에도 미쳤던 적이 없소. 오히려 엉터리 의사들 때문에 정신이 멍해졌던 거요. 그 애는 곧 일도 다시 시작할 거요. 하지만 그 모든 일이 그 애에게는 큰 충격이었소, 아시겠소? 이 년 동안 온갖 신경 안정제에 절어 사는 건 누구에게든 쉬운 일이 아니라오."

"그렇다마다요." 마담 아멜이 인정했다. 그녀가 뻔한 맞장구를 치려고 하자 앙리가 즉각 손짓으로 그 이야기를 막았다.

그녀는 다시 주의 깊게 들을 태세를 취했다.

"그 애는 이 년 동안 여자를 가까이하지 않았소. 크

레송 집안 사내다운 기질을 가진 그 애가 말이오. 다시 말해서 그 애는 원기 왕성하다오. 그런데 이 년 동안 여자 구경을 못하다니 그렇게 끔찍할 데가."

"하지만 아드님이 돌아오자마자 며느님이 와서 돌보고 있잖아요! 그렇게 아름답고 매혹적인 아내와 함께 살고 있는데……."

그가 그녀의 말허리를 잘랐다.

"아니 그렇지 않소, 그 애는 얼굴은 예쁜지 몰라도 속은 아주 못된 계집애라오. 요컨대 야심만만하지. 순수하고 친절하고 사려 깊은 내 아들에게 필요한 자질은 전혀 갖고 있지 않소. 내 아들은 그런 상황에서 빠져나올 수 없을 거요." 그는 막연한 안타까움을 느끼며 말을 이었다. "요컨대 현재 뤼도빅은 극히 건강한 상태인데도, 며느리는 정신병 진단을 받았던 남자와는 어떤 여자도 잠자리를 하려 들지 않는 게 당연하다는 생각을 그 애에게 주입시키고 있소. 며느리는 그 애를 얼음장같이 차갑게 대한다오. 한 침대를 쓰는 것을 거부한다오."

마담 아멜은 어찌나 소스라쳐 놀랐던지 하마터면 스툴 아래로 떨어질 뻔했다. "한 침대를 쓰는 것을 거부한다."라는 말은 그녀의 직업상 가장 끔찍한 말이었다.

"하지만 그건…… 그건 너무 끔찍해요! 법적으로도 그래선 안 되고요! 사장님이 개입하셔서……."

앙리 크레송의 표정을 보고 그녀는 그런 충고가 필요하지 않다는 것, 자신은 그의 말을 들어 주기만 하면 된다는 것을 알았다.

"어떻게 하실 생각인데요?"

"조만간 그 애에게 이 문제에 대해 걱정할 것 없다고 이야기할 거요. 당신이 최근 그 애를 보지 못했다니 유감이군. 집에 돌아온 후 그 애는 전보다 더 잘생기고 매력적이라오. 기억하는지 모르지만 사고 전에 그 애는 잘생긴 청년이었지."

"아, 그럼요!" 그녀가 고개를 끄덕이며 말했다. "잘

생기고 유쾌하고 여자들에게 인기가 있는 청년이었죠. 그를 좋아하지 않는 여자가 없었죠. 아드님은 아주 괜찮은 청년이었어요. 아무리 약 때문이라도 그런 청년이 어떻게 그러니까…… 그러니까…… 짐승이 될 수 있다는 건지 전 모르겠어요."

"나도 모르겠소. 그러니 당신이 데리고 있는 아가씨들 중 누군가가 그 애를 안심시켜 줄 필요가 있소. 가능하겠소?"

"당연히 가능하죠." 마담 아멜이 대답했다. 하지만 그 말을 하자마자 혼란스럽고 특이하고 불안정하다는 뤼도빅 크레송에 대한 소문이 떠올라 불안해졌다.

그렇다면 그 일은 그렇게 간단하지 않을지도 몰랐다. 자, 누가 좋을까……? 누가……? 누가 좋을까? 데리고 있는 여자들의 모습이 그녀의 눈앞에 떠올랐다. 그 애는 너무 어리고 그 애는 너무 둔하고…….

"잘 아시겠지만 머리가 나빠서도 안 되고 신경이 너

무 예민한 여자도 곤란하오." 그녀의 불안을 눈치채기라도 한 듯 앙리 크레송이 말했다. "남자를 제대로 사랑할 줄 알고 이런 상황을 통제할 줄 아는 여자, 좋은 여자여야 하오. 안 그러오?"

"잠깐만, 잠깐만요…… 지금 막 아주 괜찮은 아가씨가 생각났어요. 사장님이 모르시는 애예요. 파리에서, 그러니까 클리시에서 막 이곳으로 왔으니까요. 눈빛을 보니 마음이 따뜻한 아이더군요."

"그렇다고 내 아들에게 뻔뻔스러울 정도로 비위가 좋은 여자가 필요한 건 아니오!" 앙리가 신경을 곤두세우며 다시 카운터를 두드렸다. "그 애에겐 다만 새로운 인생 경험이 필요하다오. 간단히 말해서 우리가 그 애를 도울 수 있었으면 좋겠소. 그러면 다 좋아질 거요. 그 애도, 우리도 말이오."

"다 좋을 순 없을 것 같은데요. 사모님은 그렇게 생각하시지 않을 테니까요."

"쳇, 아내는 이 일에 대해 아무것도 모르고 있소. 알리가 없지. 하지만 내 아들은 일이 어떻게 돌아가고 있는지 알지. 그 못된 계집애가 그 애에게 쏘아붙였으니까. 지금 그 애는 자신을 혐오스러운 존재로 여기고 있을 거요. 그건 사실과 전혀 다르지. 오늘 점심 식사 후에 그 애를 데리고 당신을 보러 오겠소."

"아니, 크레숑 씨, 그러실 필요 없어요. 전 당신 말을 완전히 믿는다고요! 그 청년이……."

그가 다시 카운터를 두드렸다.

"바로 그래서라오! 당신이 그 애를 직접 봐야 하오. 그러고 나면 날 비양심적이라고 비난하든지, 내 말에 전적으로 동의하든지 결론이 날 거요. 2시 30분경에 오겠소."

말을 마치자마자 그는 즉각 발길을 돌려 문손잡이를 잡았다. 마담 아멜은 자신에게 맡겨진 미묘한 임무 때문에 약간 상기되고 산란해진 모습으로 종이와 만년필을 집어 들어 명단을 작성하기 시작했다. 그녀의 펜 끝에서 여자들의 이름이 봄에 나무에서 덜 영근 사과가 떨어지듯이 떨어져 내렸다.

●

낮 12시 30분, 아니 1시쯤 된 듯했다. 앙리 크레송은 집으로 돌아가 점심 식사를 하고 아들 뤼도빅을 데리고 나올 계획이었다. 하지만 그는 한순간 생각에 잠겼다. 하루에 한 차례 가족과 저녁 식사를 하는 것만으로도 지치고 짜증 나고 신경이 곤두섰다. 그런데 하루에 두 차례나 그런 고역을 감당해야 하다니 참을 수 없었다. 그래서 그는 집으로 가는 길에 있는, 잘 아는 식당에 들러 아내가 식탁에 올리기를 별로 즐기지 않는 앙두예트[11]를 주문해

---

11 주로 돼지 대창으로 만드는 프랑스식 소시지.

혼자 맛있게 점심을 먹었다. 다만 집으로 전화를 걸어, 뤼도빅이 점심 식사 후 바람처럼 사라지는 대신 그의 도착에 맞추어 기다리고 있도록 해야 했다.

신호가 가고 마르탱이 고지식한 어조로 또박또박 전화를 받았는데, 그것은 그가 그 어느 때보다 더 태연한 얼굴로 어이없는 실수를 저지를 수 있다는 뜻이었다. 그는, 앙리와 뤼도빅이 동시에 몹시 좋아했던 공상과학 드라마의 남주인공인 스포크 씨와 왠지 좀 닮은 데가 있었다.

"숙녀분들과 신사분들은 지금······." 하고 집사는 온순하고 냉정한 목소리로 말했다.

"난 지금 그들이 어디 있는지를 묻는 게 아니라 그들 중 하나를 바꿔 달라는 걸세. 오, 그럴 필요 없겠군. 그냥 뤼도빅에게 점심 식사 후에 내가 데리러 갈 거라고 전해 주기만 하면 되네."

"'나리'께서 점심 식사 후에 '나리'를 데리러 오신다고요? 잘 알았습니다. 그렇게 전하겠습니다, 나리."

"별일 없나, 마르탱?"

"모든 게 순조롭습니다, 나리, 고맙습니다."

앙리는 서둘러 전화를 끊었다. 라 크레소나드의 가족 드라마를 한 번 더 감당해야 할 상황에서 본능적으로 전략을 세워 적어도 한 시간은 자유를 누린 자신이 자랑스러웠다. "벽난로에서 장작이 탁탁 소리를 내며 타오르는 가운데 발치에는 개가 엎드려 있고 난로 앞의 영국식 안락의자에 느긋하게 앉아 질 좋은 스카치를 기울인다." 라는 이야기를 그도 들은 적이 있었다. 웬 할 일 없는 멍청이의 몽상이란 말인가.

그날 아침으로 돌아가자면, 일찍 일어난 그는 아무도 나와 있지 않은 공장에 너무 이른 시각에 도착했는데, 그때까지도 거북한 기분은 나아지지 않았다. 평소에 하지 않던 한두 가지를 하는 것으로는 긴장이 전혀 풀리시 않았다. 그동안 그는 바로 자기 집 지붕 아래서 그런 괴상한 싸움이 벌어지고 있음을 전혀 모르고 있었다. 그것이 가장 불쾌했다. 두 번째로 화가 나는 것은 힘의 배분이 완전히 잘못되어 있다는 사실이었다. 당사자 중 하나는 상처 입기 쉬운 약자이고 상대는 강하고 잔인했는데, 전자의 품성이 너무나도 착하고 여려서 제삼자가 개입하기가 쉽지 않았다. 마지막으로 세 번째는 문제의 희생자가 그의 핏줄, 그의 친아들이라는 점이었다. 그러니까 이것은 하나밖에 없는 아들의 일이었다.

그의 짐작에 의하면, 몽상적인 청년 뤼도빅은 거의 삼 년 전부터 편들어 주는 사람 하나 없이 쉽사리 그를 상처 주는 많은 이들에게 둘러싸여 살아왔다. 뤼도빅이 스스로를 보호할 수 있는 방법은 침묵뿐이었다. 사실 앙리 자신은 마리로르의 기괴한 태도, 짜증기 어린 심술궂은 말과 행동을 줄곧 의식해 왔다. 그것을 애써 보지 않고 듣지 않으려 하다가 마리로르가 뤼도빅과 같은 침대를 쓰기를 거부해 왔음을 알게 된 것이다. 벌써 한 달 전부터 그녀는 싫다는 말을 되풀이하며 거부해 왔고, 뤼도빅은 그 '싫다'라는 말을 견디고 있었다. 그녀는 뤼도빅의 성적인 욕구를 깡그리 무시했다. 더 나아가 앙리 크레송은 그 사태를 좀 다르게 인식했다. 요컨대 마리로르가 매일 저녁 되풀이해 온 독설은 여자를 좋아하는 남자의 남성성에 치명적인 타격이 되는 말이었다. 뤼도빅은 여자를 좋아했다. 심지어 앙리 자신보다 더 좋아하는 것처럼 보일 정도로 언제나 여자들을 보호하려 들고 섬세하게 배려했다. 전날 밤 운명의 플라타너스 아래서 아들 부부의 얼굴을 모두 보았다면, 앙리는 더 심한 광경을 목격했을 수도 있었다. 모욕감과 두려움, 사태가 나아지지 않으리라는 사실을 안타깝게도 인정하고 싶어 하지 않는 아들의 딱한 얼굴을 봤을 수도 있었다. 그 못된 계집애가 한 무시무시한 말을 그의 두 귀로 똑똑히 듣지 않았던가. 아들을 면전에서 위협할 때 그 계집애는 예쁘장한 얼굴을 한 살인자와 다를 바 없었다. 젊은 여자의 얼굴에는 못할 것이 없다는 위험한 표정이 떠올라 있었다.

이윽고 그는 그런 여자를 배우자로 맞은 청년들이 어떻게 무너지게 되는지 이해할 수 있었다. 일단 그런 여자와 엮여서 어쩔 수 없이 자식을 낳고 삶을 꾸려 가게 되면 비겁해지지 않을 수 없는 것이다. 물론 앙리 크레송 자신은 아무것도 두렵지 않았다. 그런 유의 여자들조차 두렵지 않았다. 그는 오히려 그런 여자들에게 흥미를 느꼈다. 그는 자신 안에 있는 선천적인 광포함을, 파괴의 욕망 이상으로 가차 없는 지배와 쾌락과 생존에 대한 본능을 알고 있었다. 그런데 어젯밤 그가 목격한 것은 하나의 삶이 끝장나는 장면이었다. 그 삶은 행복했었고, 앞으로 행복해질 수 있었다. 그 정도로 뤼도빅은 행복해지기에 충분한 기질을 빠짐없이 갖고 있었던 것이다. 하지만 지금 아들은 벼락을 맞은 것이나 다름없었다. 앙리로서는 뤼도빅이 천사 같기도 하고 유령 같기도 했다. 아들은 이제 자신감을 회복해 싸워 이겨야 했다. 예쁜 얼굴을 하고 말쑥하게 차려입은, 육체적으로는 우아하지만 정신적으로는 저속하기 짝이 없는 여자, 그 고르고노스[12]를 반드시 때려눕혀야 했다.

젊은 시절 ─ 스무 살 무렵이었던가? ─ 앙리 크레송은 발자크의 작품 전체를 읽었다. 그 이후 삶이 혼란스럽고 요동칠 때마다 그 소설들을 떠올리곤 했다. 발자크의 인물들은 종종 감상적이었고 좀 비겁해 보였다. 희생자와 후레자식과 야심가와 운 좋은 얼간이들로 이루어진 내적 재난의 세계, 포기의 세계가 거기 있었다. 아, 아니다! 이번은 그런 경우가 아니잖은가! 뤼도빅은 소설 속에 나오는 미숙한 파렴치한도 야심가도 아니었다. 제대로 된 남자라면 여자를 돈벌이의 수단으로 삼지 않는다. 그가 필립의 그런 성향을 참아 준 것은 처남도 가족

---

[12] 그리스 신화에 나오는 고르곤 자매들인 스테노, 에우리알레, 메두사를 말한다.

이기 때문이었다. 필립에게는 돈이 없었고, 앙리가 보기에 가난은 대상포진이나 소아마비 같은 끔찍하고 딱한 질병이었다.

그는 사장실에 앉아 깊은 생각에 빠진 채 연필 서너 개를 부러뜨리고 종이 몇 장을 찢어서 화살을 만들어 날렸다. 2층에서 날아간 화살들은 비서들이 있는 아래층에 떨어져 특히 그날만큼은 아무도 그의 뜻을 거스르지 말아야 한다는 사실을 확인시켜 주었다. 1층 포석 앞에 떨어진 그 화살들은 그의 존재 전체에 경종이 울리고 있다는 의미였다.

●

실비아 아멜은 육십팔 년 전 투르에서 태어났다. 그녀는 고향을 떠나 여행과 인생의 지침 만들기에 십 년을 투자함으로써 한 재산 만들어서, 아니 변덕스러운 자신의 기질을 치유할 방법과 기술을 익혀서 돌아왔다. 고향을 떠나 있었던 만큼 그동안 거둔 다양한 성공과 가상하고 대단한 자신의 일, 자신이 누린 행운에 대한 이야기를 은밀하게 흘려 쉽게 명성을 얻을 수 있었다. 사람들로 하여금 자신을 기억하게 만들고 평판을 잃지 말아야 한다는 것은 그녀가 터득한 진리 중 하나였다. 누구에게든 신용을 잃어서는 안 되었다. 특히 시골에서는 더더욱 그러했다. 누군가 도시에서 살다가 돌아오면 시골 사람들은 그 사람이 어떤 식으로든 거기서 살 수 없어서, 혹은 더 이상 거기에서 살고 싶지 않아서 돌아왔을 거라고 여겼고, 그 경우 귀향은 일시적일지라도 실패의 표시였다.

둥근 얼굴, 은발, 살짝 통통한 몸매, 시골 풍의 우아함과 풍만함의 소유자인 마담 아멜은 십 년 전부터, 그러니까 고향에 돌아온 이후 줄곧 특별한 호텔을 운영하고 있었다. 그녀는 그 호텔을 남편에게 구타당하거나 삶에

치인 불행한 여자들을 위한 피신처로 제공하면서 그 도시에서 놀라울 정도로 다양한 일을 하고 있었다. 그녀는 많은 여자들로 이루어진 네트워크를 장악하고 있었다. 요컨대 지방에서 온 매혹적이고 풍만한 여자들이 천연두나 콜레라에 감염되듯 마담의 호의에 감명을 받고 그녀의 지시에 따라 많은 만남을 가졌다. 마담 아멜은 크게 동떨어지지 않은 두 가지 역할을 스스로에게 부여한 셈이었다. 그러니까 그녀는 남자들을 위해서는 육체를, 여자들을 위해서는 마음을 돌보는 셈이었다. 그렇게 해서 그녀는 자연스럽게 그 도시의 실세가 되었다. 리옹, 마이애미, 디트로이트 그리고 긴 순례의 마지막 장소인 오를레앙을 차례로 주거지로 삼은 경험이 있는 그녀가 보기에 인생에서 진정으로 중요한 것은 그것뿐이었다. 고향을 떠나 있던 십 년 동안 그녀의 약혼이나 결혼 내막에 대해서는 알려진 바 없지만, 이제 그녀가 몇몇 영향력 있는 인사들과 견고한 유대를 갖고 있다는 것, 그녀의 심기를 거스른다면 그 누구라도 심각하게 곤란해지리라는 것은 다들 알고 있었다.

다른 한편으로 그녀는 생쥘리앵 성당의 성가대와 재정, 그리고 완전히 맛이 간 그곳의 사제 역시 이끌고 있었다. 이유는 알 수 없지만 그녀는 사제를 열렬하게 변호했다. 또한 많은 구호 단체들을 관장하고 있었는데, 그중에는 다소 불법적인 것도 있었다. 그러므로 그녀는 결코 권력이 아쉽지 않았다. 어려운 상황이나 곤란한 일이 생기면 실비아 아멜은 언제나 냉정한 표정과 차분한 태도 그리고 친절한 웃음을 내세웠는데, 그 웃음은 대개는 부자들을 위한 것이었지만, 끝장을 내거나 매수할 필요가 있을 때면 가난한 이들에게도 아끼지 않았다.

앙리 크레송은 오랫동안 그녀의 충실한 고객이었다. 그녀는 심미적인 면이나 기술적인 면에서 가장 뛰어난 여자들을 그에게 줄곧 보내 주었다. 상드라 르바유와 결혼한 후 앙리는 지나치게 사람 눈에 띄는 이쪽을 이용하는 것을 그만두고 열정의 방향을 파리 혹은 투렌 지방과 파리 사이에 있는 몇몇 호텔 쪽으로 돌렸다. 그곳에서 시골 출신의 예쁜 여자들과 만남을 가졌다. 그리고 그런 여자들과 어울릴 때면 자신의 평판을 의식해 예의 바르고 정중하고 문제가 생기지 않도록 처신했다.

●

그가 뤼도빅을 데리러 라 크레소나드에 도착했을 때, 식구들은 테라스에서 디저트를 즐기고 있었다. 앙리 크레송은 정원의 아름다운 나무들이 보이고 초콜릿 향이 풍기는 점심 식사 장면이 더할 수 없이 그윽하게 보이는 것에 놀랐다. 자동차 운전석에서 그는 식탁에 앉은 사람들 하나하나를 살펴보았다. 상드라는 뚱뚱하고 우스꽝스러워 보였다. 처남 필립은 식객이자 진짜 얼간이였고, '섹스'도 온정도 없는 못된 마리로르에게서는 쾌활함을 찾아볼 수 없었다. 마지막으로 아들 뤼도빅은 그들 중 누구보다 품위 있어 보였다. 앙리는 아들에게 자신을 따라오라고 손짓을 보냈다. 사실 뤼도빅은 다른 사람들과 좀 달랐고 모호한 데가 있었으며 마리로르에 비해 지나치게 여리고 순수했다……. 사실 앙리는 순수함 같은 것을 좋아하지 않았다. 그가 보기에 순수함은 꾸며 낸 것이거나 정신적 나약함에서 나온 것이었다…….

"그런데 두 사람이 어딜 가는 거예요?" 상드라가 묻는 소리가 들려왔다.

짜증기 서린 쉰 듯한 그 외침에 앙리와 뤼도빅은 깜짝 놀랐다. 뤼도빅은 서둘러 자동차에 올라 차 문을 닫았다. 앙리는 무어라 중얼거리며 가속기의 페달을 밟았다. 차는 줄곧 속도를 높여 달리다가 일반 국도로 나와서야 속도를 늦추었다. 새로 생긴 대로 때문에 일반 국도는 이제 사람들에게 인기가 없었다. 넓고 말끔한 데다 기존 도로와 거의 나란히 뚫린 새 도로는 지나치다 싶을 정도로 원형 교차로가 많아서 여러 지역으로 연결되었다. 하지만 앙리는 낡은 국도가 더 좋았다. 새 도로로 갈 때보다 10킬로미터쯤을 더 달려야 했지만, 원형 교차로와 빨간 신호등과 우회로, 요컨대 온갖 산만한 최신식 장치를 피할 수 있었던 것이다.

뤼도빅은 조수석에 앉아 눈앞을 바라보면서 그 길이 지나치게 목가적인 동시에 시대에 뒤떨어졌다는 사실을 실감했다. 이제 그 길에는 차가 별로 다니지 않았다. 붉은 지붕이 덮인 표지판들이 낡은 오락기처럼 서 있었고, 그 위에 쓰인 남은 거리를 알려 주는 글자들이 비에 씻겨 떨어져 나가고 없었다. 전지를 제대로 하지 않아 노란색과 초록색 잎이 뒤섞인 나무들은 부드럽고 향수 어린 위험물처럼 보였다. 말뚝 하나로 지지되어 있는 양철 광고판 역시 마찬가지였다. 광고판에 얼굴을 가까이 들이밀면, "피에프(Fief) 달팽이 300미터 전방", "식사와 음료 됩니다", "르 랑데뷰 데 리외(웃음 가득한 만남)" 같은 문구를 읽을 수 있었다. 하지만 그 적막한 벌판에서 웃음소리 같은 것은 더 이상 들을 수 없었다. 사실 그 국도는 최근 경쟁자로 등장한 새 대로에 패배한 셈이었다. 그곳에서 몇 킬로미터 떨어져 있는 새 도로의 기운찬 소음이 이따금 들려왔다. 진보와 속도와 익명성을 신뢰하는 젊은이들은 이 국도에서 아무것도 느끼지 못할 터였다. 왜냐하면 그들은 '웃음 가득한 만남'에 대한 기억이 없으므로. 앙리 크레송과는 달리 그들은 그 길을 결코 이용하지 않을 터였다.

뤼도빅은 침묵을 지켰다. 앙리는 기분 좋게 차의 속도를 높이다가 모퉁이를 돌아 헌병 서너 명을 발견하고서야 속도를 늦추었다. 헌병들은 담배를 피우면서 지나가는 두 사람의 차를 돌아보았다.

"우리 어디 가는 거예요?" 뤼도빅이 어디든지 상관

없다는 듯 부드럽고 상냥한 어조로 물었다.

'우리가 지금 에콰도르의 한 마을에 가서 석 달 동안 콩을 심을 거라고 해도 저 애는 고개를 끄덕일 것 같군.' 앙리는 생각했다. '자기 자식이 고분고분하다고 짜증 내는 아비가 어디 있나.' 그는 그런 아들을 걱정하는 자신에게 짜증이 났다.

"너 마담 아멜 기억하지?" 그것은 질문이었지만 단정이나 다름없었다.

"물론이죠." 뤼도빅이 쾌활하게 대답한 다음 침울한 기색을 지었다. 그것을 보고 앙리 크레송은 이 계획을 반드시 실행에 옮기고야 말겠다고 다짐했다.

"식당에서 그 부인을 만났는데, 자기 집에 와서 코냑 한잔 하라더구나. 새로 온 아가씨를 보여 주고 싶다면서 말이야. 굉장하다더군. 그래서 생각했지. '이런, 뤼도빅도 같이 가면 재미있어하겠는걸. 여전히 운전도 하지 않고 줄곧 집에 틀어박혀서 별로 하는 일이 없으니……'

물론 이건 네 아내에겐 알릴 필요 없다. 동의한 거다, 알겠니?"

앙리 크레송이 요란하게 웃음을 터뜨렸다. 외설적이고 공모적이고 친밀한, 그에게 전혀 어울리지 않는 웃음이었다.

마담 아멜은 매혹적인 여자 둘과 함께 그들을 기다리고 있었다. 여자들은 마치 밤인 것처럼 화장을 하고 있었고 그 만남을 즐거워하는 것 같았다.

의식하지 못하는 사이에 방이 비어 갔다. 우선 여자 하나와 앙리가 방을 나갔고, 이어 마담 아멜도 슬며시 빠져나가서 이제 치과 진료실처럼 생긴 작은 방에는 뤼도빅과 젊은 여자 단둘이 고개를 맞대고 있었다. 방은 불안할 정도로 어두웠다. 어둠 속에서 젊고 아름다운 여자가 크레송가의 상속자에게 몸을 밀착시켰다. 뤼도빅은 아득한 감각이 그의 안에서 살아나는 것을 느끼며 나뭇잎처럼 몸을 떨었다. 그의 태도는 사랑의 달인이 아니라 경기병처럼 뻣뻣했다. 알마라는 이름의 여자는 다음 날 다시 올 수 없는지, '훨씬 편한' 자기 집으로 오는 것이 어떤지 물었다. "그러죠, 그러고말고요!" 뤼도빅은 기운차게 대답했고, 여자는 그런 그가 매력적이라고 생각했다.

●

앙리 크레송은 자신의 세심한 계획에 우쭐해져서 아래층에서 아들을 기다렸다. 그는 뤼도빅이 나타나자마자 소매를 덥석 붙잡았다. 그러고는 서른다섯이라는 아들의 나이를 깜빡 잊고는, 축하의 표시로 뤼도빅의 어깨를 토닥였다.

"이건 우리 둘만의 비밀이다, 알았지?" 그가 힘주어 말했다. "혹시 그 하르피이아[13] 같은 계집애가 사태를 알아채기라도 하면……."

"마리로르는 제가 다른 여자를 만날지도 모른다는 의심은 안 할 거예요." 생각에 잠긴 채, 하지만 유쾌한 어조로 뤼도빅이 대답했다.

"그 애가 완전히 잘못 짚은 거지. 어쨌든 카롤린이 그러더구나. 마담 아멜이 데려온 또 다른 아가씨 말이다. 네가 알마를 더 마음에 들어 해서 서운했다고. 내 말 믿어라, 얘야. 넌 언제나 미남이었지. 그런데 네가…… 그러니까 요양원을 이곳저곳 다녀온 후에는 더 괜찮아진 것 같아. 뭔가…… 그러니까…… 뭐랄까…… 매력적인 분위기가 생겼다고나 할까."

그들은 알 만한 건 다 알고 자신감도 있는 성인답게 느긋하고 당당한 미소를 교환했다. 사실 두 사람이 그런 웃음을 나눌 기회를 가진 적은 그때가 처음이었다.

---

13 그리스 로마 신화에 나오는, 여자의 머리와 뱀금의 몸을 한 괴물.

돌아오는 길에 그들은 도로변의 카페 '오 카르푸르'에 들러서 J&B 한 병을 나눠 마셨다. 라 크레소나드 정문에서 차에서 내린 뤼도빅은 잔디밭 울타리를 뛰어넘고 나무를 얼싸안기도 하면서 껑충껑충 뛰어 집 안으로 들어갔다. 그런 그의 모습을 누군가 보았다면 머리가 좀 모자라는 청년이라고 생각했을 것이다. 그는 자기 방으로 들어가 거울에 비친 자신에게 공모의 미소를 던졌다. 그 미소는 어쩌면 음탕하다고도 할 수 있었다.

4

 파리발 기차가 예정대로 16시 10분에 투르역으로 들어왔다. 플랫폼에서는 정장에 넥타이를 맨 남자 둘이 이십 분 전부터 조바심을 내고 있었다. 젊은 쪽은 짐 가방을 실을 빈 카트를 밀었다. 기다리는 것을 병적으로 싫어하는 앙리 크레송은 벌써 열 차례 이상 큰 걸음으로 플랫폼을 왔다 갔다 했고, 뤼도빅은 양쪽 플랫폼에 있는 사람들 모두를 일일이 '확인'했다.

 앙리 크레송이 투르역까지 마중 나온 것은 할 바는 해야 한다는 막연한 책임감 때문이었다. 그는 파니가 그 역할을 해낼 수 있으리라고 생각했지만, 사실 그런 자신의 선택이 옳다는 것을 아직 확신할 수 없었다. 그가 마리로르의 어머니 파니를 길게 만난 것은 뤼도빅과 마리로르의 결혼식 때뿐이었다. 결혼식은 음산했다. 남편 캉탱 크롤리가 죽은 지 채 넉 달이 지나지 않은 때였으므로 파니의 얼굴은 말이 아니었다. 그녀의 얼굴 구석구석이 슬픔으로 가득 차 있었다. 파리에서 열린 그 간소한 결혼식을 앙리 크레송은 지루하고 느린 악몽으로 기억했다. 뤼도빅이 행복해한다는 사실 하나가 그 음울한 순간들에 약간의 광채와 정당성을 부여해 주었다.

기차가 역으로 들어와 멈춰 서자, 앙리는 막 눈앞을 스쳐 간 일등석 차량 쪽으로 고개를 돌렸다. 우아함의 화신이라고 할 만한 여자를 발견했던 것이다. 여자는 앙리 쪽으로는 눈길도 주지 않은 채, 짐 가방을 들어 주면서 오히려 고마워서 어쩔 줄 모르는 어떤 딱한 사내에게 미소를 지으며 기차에서 내렸다. 일등칸은 두 량이었고 파니가 타고 온 것은 앞 칸이었다. 물냉이와 말린 과일의 황제 앙리 크레송은 그 늘씬한 여자에게 종종걸음으로 다가가기 시작했다. 여자는 그레타 가르보 풍의 모자를 고쳐 쓴 다음 짐을 들어 준 낯선 남자와 길게 악수를 나누었다. 그 딱한 남자는 파니의 발치에 짐 가방을 두 개째 내려놓은 다음 서둘러 다시 열차에 올랐다. 열차가 다시 출발했다. 여자가 기차 안의 남자를 향해 손을 흔들었다. 그의 모습이 시야에서 완전히 사라지고 나서야 그녀는 모자를 똑바로 쓰고 선글라스를 벗은 다음 아름다운 입가에 눈부시고 환한 미소를 띤 채 반짝이는 커다란 밤색 눈으로 플랫폼을 둘러보았다. '거의 행복해하는 얼굴이군.' 앙리 크레송은 걸음을 빨리하며 생각했다.

일류 의상 디자이너인 켐프트의 수석 조수로 유명한 파니는 매력과 용기와 온정의 소유자로 알려져 있었다. 그녀는 삶에 대한 열정을 지니고 있었다. 적어도 남편이 세상을 떠나기 전까지는 그러했다. 이제 그녀는 적어도 겉으로 보기에는 잘 지내고 있는 듯했다. 요컨대 여전히 어느 정도는 그래야 한다고 여기면서도 죽은 남편을 잊으려 애쓰는 데 모든 시간을 바치고 있지는 않았다.

파니 앞에 이른 앙리는 열정과 배려를 기울여 그녀의 손을 잡았다. 그에게 그런 감정이 일어나는 것은 드문 일이었다.

"앙리 크레송입니다." 그가 고개 숙여 인사했다.

"파니 크롤리예요. 죄송하게도 첫눈에 알아보지 못했어요."

"저도 마찬가지입니다." 앙리 크레송이 기운차게 대답했다.

그런 다음 그는 자연스럽게 덧붙였다.

"당신은 그때도 무척 아름다우셨죠. 하지만 너무나 슬퍼하고 계셔서……."

그가 감상적으로 고개를 내젓자, 파니 크롤리의 장난기 서린 밤색 눈에 더 맑고 부드러운 빛이 떠올랐다. 그녀는 한 손을 뻗어 잠깐 동안 그의 뺨을 가볍게 쓸었다. 뤼도빅과 마리로르의 결혼식 피로연이 열렸던 음산한 호텔 홀과 시청의 우울한 방들을 가로지르던 서로의 모습이 두 사람의 기억 속에 떠올랐다. 그들은 잊힌 공연 같은 그 기억을 동시에 떨쳐 냈다.

"우리한텐 며느리와 사위가 있지 않나요? 그 애들은 다 어디로 간 거죠?" 파니가 웃으며 물었다.

그 말을 듣고서야 앙리 크레송은 자신이 이 낯설고 아름다운 여인을 마중 나온 이유를 기억해 냈다.

"뤼도빅!" 그가 아들을 불렀다.

몸을 돌리자 뤼도빅이 카트에 매달려 쩔쩔매고 있는 것이 보였다. 카트가 앞으로도 뒤로도 움직이지 않는 모양이었다. 청년은 그 딱한 물건을 붙잡고 몸을 활처럼 비틀고 힘을 쓰면서 나직하지만 분명하게 욕설을 내뱉었다.

"멍청한 녀석 같으니라고! 저 녀석에게 시범을 보여 줘야겠어요. 잠깐 기다려 주십시오."

파니는 앙리 크레송이 단호한 걸음으로 아들을 향해 걸어가는 것을 바라보았다. 그는 어깨를 으쓱 올리더니 한구석에 있는 작은 걸쇠를 당긴 다음 카트를 살짝 뒤로 뺐다가 힘을 주어 앞으로 밀었다. 갑작스럽게 추진력을 받은 카트는 말 그대로 앞으로 튕겨져 나가더니 선로 위로 나동그라졌다. 뤼도빅이 재빨리 몸을 날려 카트와 함께 떨어지려는 아버지를 붙잡았다. 앙리가 아들에게 매달렸다. 두 사람의 모습은 우스꽝스러운 지그 춤을 추는 것 같았지만 덕분에 목숨은 구한 셈이었다. 그들은 어안이 벙벙한 채 숨을 헐떡이며 몸을 일으켰다. 유쾌한 웃음소리에 그들은 정신을 차렸다.

"세상에! 이게 무슨 일이람, 정말 얼마나 놀랐는지! 뤼도빅? 그럴 리가, 내가 아는 뤼도빅은 플레이보이 같았지 학생 같진 않았었는데. 좀 여윈 거지, 아닌가?"

"이 녀석 족히 10킬로그램은 빠졌을 거예요, 여윈 거 맞습니다." 앙리가 고개를 끄덕이며 끼어들었다.

"10킬로그램 찐 것보다 훨씬 낫네요." 그녀가 대답했다. "그 고약한 신경 안정제가 사람을 살찌고 늙게 만들잖아요. 그런데 뤼도빅은 그 반대예요…… 그건 그렇고 내 짐을 좀 실을 수 있도록 저 괴상한 카트 하나만 가져다줄 수 있겠나?"

뤼도빅은 아버지의 비난 섞인 눈길에 당황해 두 팔을 위로 들어 올렸다가 플랫폼 다른 쪽 끝을 향해 달려가기 시작했다.

"너무 심란해 마세요." 파니가 앙리 크레송에게 설명했다. "초대해 준 분들 눈에는 제 짐이 어마어마해 보이겠지만, 사실 딱 하나만 열고 말 거거든요."

뤼도빅의 모습이 시야에서 사라지자 앙리는 신경이 곤두섰다.

"그런데 이 애가 어디 갔을까요? 당신은 분명히 피곤하실 텐데, 또…… 이 멍청한 녀석, 제대로 하는 게 없다니까!"

"잊지 마세요. 제가 여기 온 건 당신 아들이 멍청이가 아니라는 걸 투렌 사람들 모두에게 알려 주기 위해서라는 걸 말이에요."

그때 뤼도빅이 의기양양한 모습으로 반대편에서 그들의 시야에 다시 나타났다. 그는 카트를 능숙하게 다루고 있는 듯했다. 그는 그들 앞에 카트를 세워 놓고 트렁크와 모자 상자를 쌓아 올렸다.

"웬 짐이 이렇게 많담!" 그가 외쳤다.

앙리 크레송이 아들의 결례 되는 말에 역정을 내려던 순간 뤼도빅이 덧붙였다.

"정말 좋네요! 우리와 오래 계실 거라는 뜻이잖아요."

아들 크레송이 파니를 향해 얼굴을 돌렸다. 그 얼굴은 정말이지 젊어 보였다. 고독한 눈빛, 양 끝이 살짝 들려 올라간 입, 선의를 드러내는 기품 있고 육감적인 아랫입술, 파니 크롤리는 생각했다. '내가 그동안 알던 뤼도빅 크레송이 아닌걸. 훨씬 다감해.'

뤼도빅이 앙리의 컨버터블 안에 가방 몇 개 ─ 다른 짐들은 저택으로 배송될 터였다 ─ 를 싣는 것을 바라보면서 파니는 다시 한번 모자를 고쳐 썼다. 앙리 크레송이 그녀에게 차 문을 열어 주자 그녀는 조수석에 앉았다. 늘씬한 두 다리가 드러났다……. 앙리는 늙은 유혹자의 욕망 어린 눈길을 힐끗 던졌다.

●

뤼도빅은 뒷좌석에 올라, 비교적 단단한 가방들과 습자지가 비어져 나와 있는 모자 상자 사이에 비스듬하게 자리를 잡았다.

"자네가 운전을 하는 게 아니었군, 뤼도빅." 파니가 불쑥 말했다. 그 말에 놀라 앙리가 시동을 꺼뜨렸다.

그는 다시 시동을 걸어 200미터 정도를 달린 다음 입을 열었다.

"뤼도빅은 사고 이후 더 이상 운전을 하지 않는답니다."

"하지만 그때 운전석에 앉은 사람은 뤼도빅이 아니었잖아요."

파니의 태도가 심각해졌다.

"그 사실을 기억하는 사람이 아무도 없어요." 뤼도빅이 먹먹해진 목소리로 말했다.

그러더니 갑자기 앞좌석 사이로 고개를 들이밀면서 파니의 어깨와 팔에 뺨을 갖다 댔다. 앙리 크레송도 아주 잠깐 가슴이 찌릿했다.

파니와 뤼도빅은 앙리가 전면을 주시하면서 운전에 집중하기를 바랐다. 왜냐하면 도로가 자신을 위해 닦아놓은 트랙이라도 되는 듯이 앙리가 백미러로 줄곧 차의 외부가 아니라 내부를 살폈기 때문이었다. 옆 차선의 운전자들이 깜짝 놀라는 것을 알 수 있었다. 그럴 때면 겉으로는 긴장을 풀고 있는 듯 보이는 파니마저도 불안한 눈길로 뤼도빅을 바라보곤 했다. 뤼도빅은 두 눈을 내리깐 채 파니든 아버지든 바라보지 않으려 애썼다. 이윽고 그는 더 이상 버틸 수 없다는 듯 고개를 들더니 그녀에게 미소를 지어 보였다. 학생들이 교실에서 요란한 웃음을 터뜨리기 직전에 짓는 그런 미소였다.

"맙소사, 친애하는 앙리, 도대체 왜 이렇게 빨리 달리는 거죠? 아름답잖아요, 이 경치 말이에요. 놀랄 정도로 아름다운데요." 파니가 말했다.

"쳇……" 라 크레소나드의 주인이 속도를 더 높이며 말했다. "쳇…… 우리 집이 더 놀라울걸요."

"아, 그렇다면 할 수 없네요." 그녀가 눈을 감으며 말했다.

그녀는 고개를 젖히고 몸을 좌석에 기댔다.

뤼도빅은 뒷좌석에서 짐 사이에 불편하게 끼어 앉은 채 앞에 앉은 파니의 우아하고 평온하고 너그럽고 아름다운 옆얼굴과 목의 곡선을 가만히 바라보았다. 그 얼굴은 마치 타고 있는 기차가 반대 방향의 기차와 엇갈리는 아주 짧은 순간 목격한 맞은편 기차 안의 어떤 얼굴과도 같았다. 무슨 향수(鄕愁)인 양 평생에 걸쳐 줄곧 떠올리게 되는 그런 얼굴이었다.

"이제 3킬로미터만 더 달리면 집에 도착해요." 청년이 아쉽다는 듯 말했다. "이렇게 오셔서 함께 지낼 수 있어서 얼마나 좋은지 모르겠어요."

"나도 함께 지낼 수 있어서 기뻐, 친애하는 뤼도빅." 파니가 웃으며 대답했다. "지금까지 우리는 세 번쯤 만난 것 같아. 마리로르가 자네를 소개했을 때, 자네와 그 애의 결혼식, 그리고 나머지 한 번은 사고 후에 치료를 위해 입원한 그 무시무시한 곳에서였지."

"저도 뚜렷이 기억합니다." 앙리 크레송이 불쑥 끼어들었다. "그때 당신은 저 애를 보고 울음을 터뜨리셨죠. 뤼도빅을 보고 운 사람은 그 석 달 동안 당신이 유일했기 때문에 난 충격을 받았어요."

침묵이 흘렀다.

"기억나요……." 파니가 나직한 목소리로 말했다. "줄곧 감겨 있던 두 눈, 언제나 고요하던 옆얼굴. 그는…… 아니, 미안해, 뤼도빅, 자네는 아마포로 된 흰 잠옷을 입고 휠체어에 앉아 있었지. 자고 있었어. 두 손목을 묶인 채 말이야. 그렇게 온순해 보이는 자네를 묶다니. 그래, 그때 난 울었어, 맞아. 그런데 꼭 자네 때문에 운 건 아니었어. 자네가 거기서 나올 수 있을 거라고 생각했으니까. 확신했어. 그래. 자네가 머지않아 거기에서 나올 수 있을 거라고 믿었어. 내가 운 건 아무도 눈물 한 방울 흘리지 않는다는 사실이 슬퍼서였어."

"하지만…… 남자들은 잘 울지 않습니다." 앙리가 아이처럼 방어적인 어조로 말했다.

●

아주 긴 침묵이 흘렀고 그 침묵은 그들이 라 크레소

나드에 도착할 때까지 이어졌다.

앙리는 부드럽게 커브를 틀어 차를 세웠다. 파니는 차에서 내리면서 경쾌하면서도 차분한 평소의 태도를 되찾았다.

5

 다음 순간 파니의 눈에 들어온 것은, 과부가 된 앙리의 형수 하나가 떠나기 전에 만들어 놓은, 악몽 같은 중세풍의 탑과, 맞은편에 자리 잡은 돌출회랑들이었다. 마르탱이 현관 앞의 돌층계에 나와 기다리고 있었다. 그는 손님을 위해 차 문을 열어 주고 트렁크에 실려 있는 엄청난 짐들을 꺼냈다.(뤼도빅은 뒷좌석의 모자 상자들 틈에서 몸을 빼내려 애쓰고 있었다.) 앙리 크레송이 자동차를 빙 돌아와서는 파니가 그의 팔을 잡고 문턱을 넘을 수 있도록 해 주는 동안, 필립이 그들을 맞기 위해 계단 다섯 개를 서둘러 달려 내려왔다. 머리를 말끔하게 빗어 넘기고 넥타이를 매고 주름 하나 없는 양복에 포켓치프를 지나치게 많이 뽑아 놓은 차림이었다. 밖으로 나온 그는 정원에 두 남자, 아니 마르탱까지 세 남자가 있는 것을 보았다. 거의 실내에서만 지냈으므로 마르탱의 얼굴은 기묘할 정도로 창백했다. 필립 라바유는 마르탱의 안색이 분필처럼 하얗다는 것을 깨닫고 충격을 받았다. 마르탱을 오래전부터 알고 있었음에도 그 안색을 보면 감옥에 오래 갇혀 있던 사람이라고밖에 생각할 수 없었다.

"파니, 아니 부인." 필립이 열 번째 계단에서 걸음을 멈추고 인사를 건넸다. 줄지어 올라오던 앙리 크레숑과 뤼도빅과 마르탱도 걸음을 멈추었다. 뤼도빅과 마르탱은 짐까지 들고 있었다. "파니, 파니라고 불러도 될까요? 우리는 두 번 만난 적이 있습니다. 따님의 결혼식에서 그리고 뤼도빅이 입원해 있던 요양원에서요."

"처남은 대단한 추억을 갖고 있군그래. 그 두 순간은 지난 십 년 중에서 가장 음울했지." 앙리가 불퉁한 어조로 말했다.

저택의 주인이 층계참에서 갑자기 걸음을 멈추는 바람에 일렬종대로 그의 뒤를 따르던 이들은 발을 헛딛으며 비틀거리지 않을 수 없었다. 파니는 그런대로 우아하게 층계참 위로 뛰어오를 수 있었지만, 뤼도빅과 마르탱은 얼떨결에 난간에 매달리는 바람에 소중하게 들고 있던 파니의 짐들을 놓쳐 버리고 말았다.

"제 옷들이 무슨 죄를 지었다고 이러세요?" 그녀가 앙리에게 항의했다. "이 저택, 바비에르에 있는 루이 2세의 성보다 더 높은 건 아니죠? 여기 계단이 270개가 넘는 건 아니죠?"

앙리는 별달리 감정을 내색하지 않고 예의 바른 태도로 오른쪽 복도를 가리켰다.

"따님의 거처는 이쪽입니다. 뤼도빅이 안내할 거예요." 그가 말했다.

"부인께 먼저 인사를 드리는 게 예의일 것 같은데요."

"누님은 지금 피곤해서 쉬고 계세요. 먼저 따님을 만나 보시는 게 좋겠어요." 필립이 끼어들었다. "여기서 좀 멉니다…… 제 말은 뤼도빅과 따님이 함께 쓰는 방

말이에요."

"그런 건 상관없어요. 중요한 건 파니가 여기서 자기 집처럼 편안히 지내는 겁니다." 부부 침실 이야기가 나오자 뤼도빅이 얼른 화제를 바꾸었다.

그는 웃으면서 마리로르의 방을 향해 걷기 시작했다. 앙리 크레송도 긴 왼쪽 복도로 접어들었다. 길을 안내하는 유령처럼 앞서 걷던 뤼도빅이 복도 맨 끝 모퉁이에서 걸음을 멈추었다.

●

파니가 파리에서 여기 이 저택까지 와서 딸 내외가 어떻게 지내는지를 알아보고 사위에 대해 어떻게 생각하는지 말해 달라는 앙리의 좀 터무니없는 제안을 수락한 것은 앙리의 태도에서, 거절할 엄두를 낼 수 없는 광적인 느낌을, 뤼도빅의 태도에서 방심한 듯한 광적인 느낌을 받았기 때문이었다. 이 임무를 그녀는 뜻밖의 숙제 같은 것으로 여기지 않을 수 없었다. 남자들은 대부분 듣기 좋은 말만 하려 드는데 그 두 사람은 누군가의 환심을 사려는 노력 같은 것은 하지 않았다. 이 별난 부르주아들의 성격에는 정상을 벗어나는 뭔가가 있었다. 그것은 시간과 시대와 도덕을 초월한 것으로 그녀에게 두려움을 불러일으켰다. 이것은 부르주아에 관한 일이었다. 한 부르주아가 그녀의 딸과 결혼해 지금 같은 상황, 다시 말해서 불행한 사고를 당했는데 이제 일가는 그의 명예 회복을 원하고 있었다. 파니는 아주 오래전부터 그 청년만큼 불행의 중심에 접근한 사람도 없을 거라고 여겼다. 이 저택과 청년 사이에는 부조화와 침묵만이 있을 뿐이었다. 괴물 같은 인물들이 서로 대치하는 모리아크의 소설보다 상황이 더 나쁜지도 몰랐다. 왜냐하면 여기에서 괴물은 단 한 사람 그녀의 딸뿐이었던 것이다. 파니는 그 생각을 계속하고 싶지 않았다.

'르망 24시간 자동차 경주'라도 하듯이 몇 차례 모퉁이를 돌며 한참을 걷고 나서 그들은 마침내 웅장한 방문 앞에 이르렀다. 방문은 크레송가의 새 신랑 신부에게 맞추어 최근 새로 칠한 듯했다. 그들의 아이가, 아이의 아이가 결혼하면 그때마다 다시 새로 칠해질 것이다. 아무도 나서서 방문을 두드리려고 하지 않았다. 사람들의 무기력한 모습에 짜증이 난 앙리가 팔을 들어 문을 한 차례 주먹으로 쾅 쳤다.

"마리로르! 마리로르, 네 어머니가 오셨다!" 그가 소리쳤다. 경쾌하게 내려고 애썼으나 을러 대는 것처럼 들리는 목소리였다.

어이없게도 안에서는 아무 반응이 없었다. 파니는 옆에 선 앙리의 관자놀이와 턱에 핏줄이 부풀어 오르고 파들거리는 것을 볼 수 있었다. 그가 다시 문을 두드렸다. 이제 그의 목소리는 더 이상 부드럽지 않았다.

"마리로르! 빌어먹을! 너 죽은 거냐? 네 어머니가

오셨단 말이다!"

그가 손잡이를 돌려 보았지만 문은 열리지 않았다. 안에서 잠겨 있었다. 이번에는 진짜 침묵이 흘렀다. 칼처럼 베일 것 같은 침묵이 모두를 얼어붙게 했다. 앙리가 분노로 경련하는 얼굴을 아들에게 돌렸다.

"그러니까 네 아내가 지금 안에서 문을 잠근 거냐? 그럼 넌 저녁에 어떻게 안으로 들어가는 거냐? 문을 열어 달라고 빌기라도 하는 거냐?"

뤼도빅은 백짓장처럼 창백해진 안색으로 아무 말도 하지 않았다. 그는 문이 잠긴 것에 놀라지 않은 것이 분명했다. 파니가 두 사람 사이를 헤치고 한 걸음 앞으로 나가 딸을 불렀다.

"애야…… 나야, 엄마다…… 자는 모양이구나. 삼십 분 후에 여기 내 방에서 만나자꾸나. 그동안 난 샤워를 좀 해야겠다. 그럼, 잠시 후에 보자."

닫힌 문에 대고 그녀는 입맞춤을 보냈으나 그런 동

작 역시 조금 전처럼 아무 소용도 없었다. 단호한 태도로 뒤돌아선 그녀는, 여전히 얼굴이 시뻘게져 있는 앙리 크레송의 팔을 한쪽에, 여전히 안색이 납빛인 뤼도빅의 팔을 다른 쪽에 잡고는 반대 방향으로 걷기 시작했다.

"도대체 이해할 수가 없구나……." 앙리가 뤼도빅을 향해 분노에 찬 엄한 눈길을 던지며 중얼거렸다.

그들 뒤에서 필립은, 포켓치프를 이런 돌발 사태로부터 피신이라도 시키려는 듯 주머니 속에 좀 더 깊게 밀어 넣으며 몸을 구부정하게 기울인 채 걷고 있었다. 그는 의식하지 못했지만 그것은 그루초 막스[14] 특유의 자세였다.

"여기가 당신이 쓸 방입니다, 친애하는 파니. 제일 좋은 손님용 방이죠. 혹시 마음에 드시지 않으면 세 개의

---

[14] Groucho Marx(1890~1977). 미국의 희극 배우.

방이 더 준비되어 있으니 고르시면 됩니다. 오늘부터 이 집안 사람 모두는 당신의 결정을 따른다는 걸 잊지 마십시오."

"전 어떤 종류든 권위를 행사하는 것에는 관심이 없답니다. 그런데 이 방은 정말 매혹적이네요." 파니가 웃으며 말했다.

●

방의 벽지는 유행이 약간 지난 것이었다. 장미와 백합 무늬의 색깔이 이제 잘 구별이 되지 않았다. 커다란 창들이 테라스를 향해 나 있었다. 플라타너스 가지가 창문까지 뻗어 있었다. 창문을 열자 나뭇잎 하나가 환영이라도 하듯 파니의 뺨을 스쳤다. 그녀는 테라스를 향해, 나뭇잎을 향해, 처음으로 맛보는 시골의 고요함을 향해 미소를 지었다. 방문을 등진 채 그렇게 웃고 있었으므로 뒤에 서 있는 사람은 그녀의 기쁨을 함께 나눌 수 없었다. 그럼에도 그 그림자는 그 자리를 떠나지 않았다.

애도에는 여러 단계가 있다. 먼저 그 가혹함, 일상적인 진부함이 있다. 그로 인해 당신은 처음에는 얼떨떨했다가 이윽고 정신을 차리지만 주변에 완전히 무심해진다. 가까운 이들에게든 먼 이들에게든 '근신'하게 되는 것이다. 그렇게 방황이나 권태에 자신을 방치했다가 차츰차츰 애도에서 벗어나 삶으로 돌아온다. 달라진 나날들이 펼쳐지고, 사랑하는 사람이 없는 시간, 곧 그와 당신의 관계가 사라진 시간이 이어지는 것이다. 이제 당신을 삶에 연결해 주는 것은 다른 어떤 존재, 다른 어떤 사건, 다른 어떤 행복에 대한 확신이 아니라, 태어나는 순간 생겨나 삶 안에 자리 잡고 있는, 엘뤼아르의 표현을 빌리자면 '지속하겠다는 힘겨운 욕망'뿐이다. 그 지점에서 필요한 것은 당신 자신에 대한 애도로, 기억에, 심지어 행복한 나날에 대한 기억에도 휘둘려서는 안 된다. 당신 자신에 대한 이 음울하고 지속적인 혐오는 무슨 고통을 만들어내는 기계처럼 당신으로 하여금 밤마다 이불 속에서 짐승처럼 신음하게 만들고, 낮이면 무표정한 얼굴로 눈물을 참게 만든다. 당신은 저항하고 싸운다. 그러다 보면 울적함이 무슨 눈가림이나 당연함처럼 당신을 도와준다. 당신은 시도 때도 없이 눈물을 흘리는 사람이 되는데, 그런 사람을 막연하게 존중하는 분위기 덕분에 존중을 받고, 때로는 누군가에게 매력적으로 보이기도 한다. 그 누군가가 당신에게, 당신의 슬픔과 당신의 거절에 충분히 관심을 갖는다면, 당신의 거절을 지나치게 모욕적으로 받아들이지 않는다면, 상처 입은 가슴에도 피가 뛰고 있음을 안다면, 그 모든 것이 다시 아름다운 가을날 오후 테라스로 통하는 열린 창문이 될 수 있다. 그리하여 나뭇잎이 당신의 뺨에 와 닿을 때 과거가 따귀를 후려치는 것처럼 느끼는 것이 아니라 상상할 수도 이해할 수도 없다가 갑자기 부인할 수 없게 되어 버린 행복으로 받아들이게 되는 것이다. 그 행복에 어떤 이름을 붙이든 간에.

셔츠 네 벌, 스웨터 두 개, 흠잡을 데 없이 만들어진 정장을 유행은 지났지만 몹시 우아한 방— 욕실에는 오래된 대형 욕조가 있었다—의 옷장에 넣으면서 파니는 그 고요를 매 순간 음미했다. 들리는 소리라고는 그녀의 발밑에서 마룻바닥이 삐걱거리는 소리뿐이었다.

●

십 분 후 파니의 방문을 두드리는 소리가 들려왔다. 마리로르가 방 안으로 들어와, 옷을 걸고 있는 파니의 뒤에 와 섰다. 파니는 거울에 비친 딸의 모습을 머리부터 발끝까지 볼 수 있었다. 마리로르는 어머니보다 5센티미터 정도 작았는데 마리로르로서는 그 사실을 참을 수 없었다.

그녀는 매혹적인 연보라색 드레스에 눈동자 색깔보다 짙어서 눈을 돋보이게 해 주는 예쁜 말라카이트 목걸이를 걸고 있었다. 또 짚으로 엮은 샌들을 신고 있었는데, 그 때문에 성숙한 여성이라기보다는 사춘기 소녀처럼 보였다. 파니는 거울 속에서 한순간 세 명의 여자를 본 것 같은 느낌이 들었다. 오래전부터 느껴 온 그 인상은 가족 관계 같은 정형화된 관계 속에 반드시 인간성이나 진실성이 있는 것이 아니라는 사실을 드러내고 있었다.

파니는 유년에 대한 낯선 향수를 느끼며 서둘러 몸을 돌려 딸을 바라보았다. 마리로르는 어머니를 잠깐 바라본 후 방문을 닫고 다섯 걸음을 내디뎠다. 파니는 한 손으로 옷걸이를 잡은 채 딸의 관자놀이에 가볍게 입맞춤을 하고 몸을 뗐다.

"엄마, 죄송해요. 갑자기 잠이 쏟아져서 참을 수가 없었어요…… 문앞에 나가 엄마를 기다리고 싶은 마음이 간절했지만 침대에 쓰러져 잠이 들고 말았어요…… 그러다가 게슈타포의 불심 검문에 걸려 깨어났지 뭐예요!"

"네 시아버지는 좀 흥분하신 듯했지만 네 남편은 무척 침착하더구나." 파니가 엄한 어조로 말했다. "도대체 방문은 언제부터 잠그는 거니? 그건 그렇고, 정말 예쁘구나, 애야."

"제 모습이 괜찮다니 기적이네요." 마리로르가 느릿하게 말했다. "언제부터 방문을 잠갔냐고 물으시니 말인데, 제가 여기 온 지 얼마나 됐죠? 뤼도빅이 완치되어 일상생활로 돌아가도 좋다는 판정을 받은 지 얼마나 됐죠?"

파니가 소스라쳐 놀라자 마리로르가 웃음을 터뜨렸다.

"엄마도 아시잖아요. 병의 경과를 예측하고 질문을 던지면서 삼 년을 보내고 나면 어떤 진단이 내려진다 해도 확실한 게 아니라는 걸요……."

파니가 대형 침대에 앉았다.

"그럼 넌 여기서 뭘 하고 있는 거니? 남편을 사랑해? 사랑하지 않아? 헌신하는 뜻에서 여기 있는 거라는 말은 하지 말렴…… 네 남편이 미쳤다고 생각하면 이혼해. 너희는 한방을 쓰는 사람들이잖아. 네가 정말 원하는 게 뭐니?"

"난 더 이상 여자로서 살고 있지 않아요, 엄마. 물론 내 관대함에도 한계가 있어요. 그런 건 남들한테 얘기할 수 없어요. 엄마한테도요."

'누구보다 엄마한테는 할 수 없겠지.' 파니가 주저도 서글픔도 없이 생각했다. 아주 오래전에 자기 딸을, 딸에 대한 모성애를 포기하지 않았던가. 그녀는 침대에서 일어서서, 벽지가 발라진 벽, 문, 침대 같은 커플의 삶을 암시하는 것들로부터 벗어나 창가로 다가갔다. 이 모녀가 서로를 놀라워하지 않는 것은 아니었다. 파니는 태어나면서부터 온정이 거세된, 전혀 다른 종류의 인간인 마리로르의 얼음장 같은 마음을 놀라워했고, 마리로르는 어머니의 선의와 감수성과 따뜻한 마음과 좋은 품성을 놀라워했다. 그런 자질은 정치학을 공부하듯이 공부해서 계발할 수 있는 것으로, 몇몇 학과가 그런 것처럼 평가는 좋게 받을지 몰라도 경력에는 전혀 도움이 되지 않는 것이라고 생각했다. 그녀로서는 그런 자질을 계발하고 싶지도 않았고 그럴 시간도 없었다.

"정말 아름다운 테라스구나." 파니가 창문에 기대며 기계적으로 말했다.

마리로르가 파니에게 조심스럽게 다가갔다. 저녁 공기와 함께 어머니의 향수 냄새가 훅 끼치면서, 그 냄새가 감돌던 우울했던 어린 시절이 떠올랐다. 그 냄새를 맡으면 언제나 방치되어 자랐다는 느낌이 강하게 들면서 울적한 느낌이 남곤 했다. 심지어 아버지 캉탱 크롤리도 사춘기 때 여자애들이 행사하는 특이하고도 지독한 반항을 받아주기에는 지나치게 남성적이고 권위적이었던 것이다. '의상실에서 일하면서 성모 마리아처럼 사는 우리 엄마는 이제 어떻게 될까? 미래도 없고, 인간관계도 없는데!' 마리로르는 생각했다. 마지막 단어를 떠올리면서 그녀가 남녀 간의 사랑이나 유혹을 뜻한 것은 아니었다.

'이제 저 애는 어떻게 살려는 걸까? 저 나이에는 용감하고 당당하게 세상을 살 수 있는데.' 파니는 딸 옆에서 생각했다. 성공과 돈을 좇느라 귀중한 젊음의 시간을 잃고 있는 마리로르에 대해 그녀는 한순간 책임감을 느꼈다.

그들을 부르는 경쾌한 목소리가 들려왔다. 뤼도빅이었다. 테라스에서 그가 어린 학생처럼 발을 구르고 있었다.

●

그날 뤼도빅은 아무 약속도 없었고, 아버지로부터

"집안 분위기에 좀 신경을 쓰라."는 말을 들은 참이었다. 앙리가 그런 당부를 한 것은 '게 파리(Gai Paris)'[15]에서 온 좀 수수께끼 같은, 슬픔에 잠긴 중년 과부가 집에 묵게 된 것이 신경이 쓰여서였다. 여자의 머릿속은 슬프게 끝난 결혼 생활에 대한 온갖 이미지들로 가득 차 있을 것 아닌가. 그런데 그때 기억 속에서 나온 것도 아니고 마음속에서 나온 것도 아닌 실제 장면이 눈앞에 펼쳐지자 그는 맥이 빠졌다. 뤼도빅이 파니와 어깨를 나란히 하고 걸으며 테라스와 거실 여기저기를 구경시켜 주고 있었고, 마리로르가 내키지 않는 걸음으로 그들 뒤를 따르고 있었다. 그랬다, 파니가 그 집에 온 후 모든 것이 변했다. 앙리는 그늘이 드리워진 어둑한 오솔길에서 파니가 뤼도빅에게 어깨를 기댄 채 웃고 있는 모습을 떠올렸다. 일주일도 안 되어 두 사람이 마리로르 없이 단둘이 그런 산책

---

[15] 외지인들이 파리를 부를 때 쓰는 별칭의 하나. '유쾌한 파리'라는 뜻이다.

을 할 거라고 생각하자 그는 화가 치밀었다. 파니와 뤼도빅이 함께 정원이나 거실을 거니는 것이 그에게 의미심장하게 여겨졌다. 전혀 현실적인 근거가 없었음에도 욕망이 그런 느낌을 들게 했고, 질투가 그것을 부채질했다.

그해 9월 배경 음악의 작곡자는 앙리 크레송인 셈이었다. 헤어날 수 없는 소용돌이에 휘말려 속수무책이 되어 버린 자들 사이에서는 때로 '반대역'이 격렬한 열정을 유발하는 법이다. 앙리 크레송은 거칠고 소유욕이 강하고 여러 면에서 무자비한 사내로, 첫 아내의 죽음으로 인한 결핍감과 슬픔 이외에는 스스로의 감정을 참고 견딘 적이 없었다. 그런 그가 돌연 질투에 휩싸였는데, 그것을 내색할 수도 드러내 말할 수도 없게 된 것이다.

파니가 온 후 그녀를 도와주는 일은 자연스럽게 뤼도빅에게 돌아갔다. 어쨌든 그 파티는 그가 정신적으로 아무 문제가 없다는 것을 대외적으로 알리기 위한 것이었다. 파티와 그에 따른 행사에 엄청난 비용을 들이게 될 터였다. 케이크, 메인 메뉴, 다양한 식전 메뉴, 크림을 곁들인 양배추 피라미드에 이어 오솔길의 낙엽을 치우고 정원을 정돈하고, 임시 직원을 기존 하인 수의 열 배쯤 충원해야 했다.(마르탱의 말에 따르면 뜨내기 직원은 일이 서툴고 물건을 훔치기도 했다.) 요컨대 파니는 이 모든 것을 계획하고 진행해야 했다. 그러므로 뤼도빅은 그녀에게 저택의 실태를 보여 주어야 했다. 파니는 실내 장식이 일관성 없게 따로 도는 거실 공간을 새로 정돈해 부유한 손님들을 맞아야 했는데, 사실 그녀는 '원래' 부자들을 좋아하지 않았다. 그 일은 하기 힘든 일이었다. 하지만 기질적으로 꾸밈이 없고 다른 사람들에게 무심한 뤼도빅에게는 그리 힘들게 느껴지지 않았다. 한편 파니는 '잡동사니 수집품들'로 가득 찬 공간에 최소한의 우아함을 곁들인 장식을 하기란 불가능하다는 사실 때문에 두려움이 점점 커져 갔다. 모든 것을 생각하면 그녀는 이 일에 들이는 노력이 그 동기만큼이나 터무니없게 여겨졌다. '사랑하는 남편을 잃은 상황에서, 사랑하지도 않는 딸아이를 위해 그 애의 남편이 죽을 고비를 무사히 넘기고 멀쩡한 정신으로 돌아왔음을 증명하고자 여기서 도대체 뭘 하고 있는 거지? 이번에 만나 보니 전에 생각했던 것보다 훨씬 다감한 청년인 것 같지만 어쨌든 여전히 낯선 사람 아닌가.' 그녀는 생각했다. 이제까지 살아오면서 일이 예상대로 진행되고 모든 것이 맞아떨어지는 편안한 시기, 요컨대 모두가 원하고 바라고 기다리는 시기가 한두 차례 있었는데, 그런 시기는 진정한 감정을 바탕으로 가능했다. 그 감정들이 실제가 아니라 희망 사항일 뿐이라 해도 부모, 연인, 친구, 커플들을 하나로 묶어 주는 그런 감정이 있었다. 그런데 이곳에는 아무것도 없었다. 자신들이 괴물이라는 것을 털어놓지 못하는, 괴물이 아니라고 주장하는 근시안들뿐이었다.

사실 다른 이들을 지적인 시선으로 바라보는 사람

들, 사랑을 의무로 느끼고 순수를 권리로 여기는 사람들은 삶 속에서 막연히라도 자신의 속마음을 드러내게 마련이다. 하지만 라 크레소나드에는 대상을 가리지 않는 전적인 무관심에 의해 촉발된, 어리석음에 기초한 자만과 무관심과 공격적인 태도가 떠돌고 있었다. 역에서, 그리고 집으로 오는 자동차 안에서 파니가 느꼈던 유쾌한 기분은 사라져 버렸다. 층계로 가득 찬 이 커다랗고 기름기 낀 저택에 있는 것이라고는 돌출회랑과 무관심한 사람들뿐이었다. 파니는 의상실의 고객들, 속물들, 부자들을 만나 보고 그들을 좀 다르다고 여기긴 했지만, 이렇게까지 낯설게 여겨지는 사람들, 이렇게까지 낯선 느낌을 주는 사람들을 만난 적이 없었다. 이곳을 지배하고 있는 것은 돈도, 야심도, 권력에의 욕망도 아니었다. 그녀가 알고 있던 그 어떤 것도 아니었다. 이곳에서는 일가 전체가 고의적으로 소통 불능 상황을 만들어 내고 있었고 그것이 그녀의 등줄기를 서늘하게 만들었다. 그녀가 보기에는 아들과 아버지, 남편과 아내, 시어머니와 며느리 사이에 진정한 대화라고 할 만한 것이 전혀 없었다. 각자 자기 재산과 권위를 틀어쥔 채 상대에게 조금도 관심이 없었다. 이곳에는 그런 불통의 기운이 떠돌고 있었고, 불어오는 초원의 바람이 이따금 그것을 흩어 놓을 뿐이었다.

6

 파니는 그 파티를 멋지게 치러 내기로 결심했다. 사실 200명에 달하는 낯선 사람들이 모로코 풍 쿠션 의자들과 대리석 조각상들로 붐비는 실내에서 우왕좌왕하는 모습을 떠올리는 것만으로도 그녀는 도망치고 싶은 기분이 들었다. 상황을 예측하고 그 결과를 수용하는 편인 그녀는, 만약 그날 저녁 비가 퍼붓는다면, 당황한 초대객들과 함께 실내에서 음식이 차려진 천막 아래의 식탁과 탁자들을 속수무책으로 바라보고 있어야 하리라는 것을 알았다. 시간이 지나면서 테라스 위에 설치해 놓은 것들이 점차 무너져 내리고, 바로 뒤쪽에서 창을 향해 서 있는 밀로의 비너스상이 그 기회를 틈타 연회장에 늦게 도착한 손님들의 비에 흠뻑 젖은 머리를 내려다볼 터였다.

하지만 파티 날 폭풍우가 몰아친다고 해서 뤼도빅 크레송의 정신에 문제가 있다고 볼 수는 없지 않은가? 그러므로 혹시 날씨가 변덕을 부린다 해도 임무 완수에는 문제가 없는 셈이었다. 파니가 한줄기 위안으로 삼은 것은, 혹시 대참사가 닥친다 해도 그 파티는 그곳에 놓인 일류 실내 장식가들의 안락의자들만큼이나 지루하리라는 사실이었다.

●

"백지 수표를 드릴 테니 경비로 쓰십시오." 그녀가 도착한 날 저녁 앙리가 단호히 말했다. 사람들이 하던 말을 뚝 끊었고 마르탱은 소스라쳐 놀랐다. 파니는 그 말이 크레송가의 가장에게서 흔히 들을 수 있는 말이 아님을 알 수 있었다. 그는 자기 말이 예의에 맞는 것임을 강조하기 위해 사교계 신사처럼 웃음을 곁들였는데, 그 웃음 때문에 오히려 저속해 보였다. 황소 같은 외모, 자신을 중시하고 상대를 얕보는 내면으로 보자면 그는 웃음을 짓지 않을 때에도 저속해 보여야 마땅했다. 하지만 신기하게도 그의 저속성은 그가 무의식적으로 그것을 감추고자 할 때에만 드러나곤 했다.

투르 사람들 중에는 라 크레소나드에 대한 소문에 열을 올리는 이들이 많았는데 그들 사이에서 이 '백지수표' 건은 커다란 반향을 일으켰다. 특히 상인들 사이에서 그랬다. 그들이 흥분한 두 번째 소문은 크레송가의 상속자 뤼도빅이 마담 아멜에게 노트지에 쓴 손 편지를 보냈다는 것이었다. 사실 이 소문만으로도 그의 정신 건강에 대한 온갖 의혹에 종지부를 찍을 수 있었다. 편지의 내용은 다음 주에 숲속 별장에서 만나자는 내용이었다. 마담 아멜은 처음에는 어리둥절했다가 기분이 좋았다가 이윽고 몹시 화가 나서 소리쳤다. "뭐가 어째?" 그녀는 자기 소유의 집과 아가씨들을 거느린 사람이었다! 예전 단골 고객의 정신 나간 아들과 별장에서 뒹굴 사람은 아니잖은가! 특별히 신경 써서 투렌에서 가장 예쁜 여자들을 보내 주었건만, 이 애송이 난봉꾼은 그들을 마다하고 육십 대 후반에 접어든 마담 자신을 원하다니! 하지만 화가 나 그를 바람맞히겠다는 결심은 그 이유를 알고 싶다는 호기심 앞에서 매번 무너져 버렸다.

 토요일 3시에 뤼도빅과 아멜 부인은 사랑을 속삭이기에 적당한 작은 별장에서 만났다. 뤼도빅은 줄무늬가 들어간 벨벳 양복 차림이었고 마담 아멜은 범접하기 불가능해 보이는 검은색 기퓌르 레이스 투피스를 입고 있었다. 두 사람의 대화 내용 전체를 밝히기는 곤란하지만, 뤼도빅의 의도가 순수하다는 것은 분명했다. 그가 마담을 만나자고 한 것은 감사를 표하기 위해서였다. 그가 성애의 기쁨을 되찾을 수 있었던 것은 마담 덕택이었다. 그 즐거움은 그를 오랜 우울에서 구해 주었다. 말을 마친 그는 민망해하는 태도로 마담 아멜에게 상당한 액수의 돈이 담긴 봉투를 내밀었다. 그녀는 몰랐지만 그것은 그가 손목시계 네 개를 팔아서 마련한 것으로, 그중 하나는 첫 영성체 때 받은 금시계였다. 뤼도빅은 그녀를 택시 타는 곳까지 바래다주었고, 그녀는 두 눈이 눈물로 촉촉해진 채 그를 가슴에 꼭 안아 주었다.

신기한 일은 그녀가 이 만남의 실상에 대해 아무에게도 자세한 이야기를 하지 않았다는 사실이다. 그저 편지를 받았을 때 여러 추측을 했을 뿐이었다. 그러고는 최고의 미담이 퍼지도록 내버려 두었다. 그녀는 버릇처럼 이렇게 말하곤 했다. "뤼도빅이 미쳤는지 어떤지는 몰라도 진짜 신사인 건 분명해." 한편 뤼도빅은 자신이 왠지 카사노바 같은 인물이 된 것 같은 느낌이 들었다. 그는 언제나처럼 라 크레소나드를 향해 달리기 시작했다. 하지만 이번에 집으로 돌아가는 그의 발걸음은 훨씬 열의에 차 있었다. 그가 집으로 가는 것은 적대적인 아내와 차갑고 대화 없는, 가족 같지 않은 가족을 만나기 위해서

가 아니라, 그를 한 사람의 남자로 대접해 주는 똑똑하고 아름다운 여인 파니를 만나기 위해서였던 것이다.

7

 토요일 4시 30분, 숲속 별장에서 마담 아멜을 만나고 집으로 돌아온 뤼도빅은 테라스를 지나다가 걸음을 멈추었다. 주차장에 앙리의 자동차가 보이지 않았다. 그날 오후 저택에는 정적과 고독이 감돌고 있었다. 뤼도빅은 걸음을 멈추고 잠깐 동안 그 자리에서 꼼짝도 하지 않았다. 그가 다시 걷기 시작한 것은 피아노 소리 때문이었다. 거실 옆에 있는 서재에서 피아노 소리가 흘러나오고 있었다. 애연가와 예술가, 그리고 추상적인 대화를 즐기는 이들에게 공식적으로 헌정된 그 곁방은 이십 년 전부터 황량한 상태로 비어 있었다. 그런데, 그 방에 방치되어 있는 낡은 벡스타인(Bechstein) 피아노를 지금 누군가 연주하고 있는 것이다. 사실 뤼도빅은 이제까지 살면서 그 피아노의 덮개가 열린 것을 본 적이 없었고, 거기에서 나오는 단 하나의 음도 들은 적이 없었다. 그는 흥미를 느끼고 멜로디 한 소절이 다 연주될 때까지 귀를 기울였다. 가슴이 죄어드는 것 같았다. "한 번만 더." 하고 그는 중얼거렸다. 창을 통해 꿀 같기도 하고 독 같기도 한 멜로디가 흘러나오고 있었다. 그는 창가로 다가서면서 이상하게도 몸이 덜덜 떨렸다. 이윽고 그의 눈에 파니의 옆얼굴이 보였다. 한순간 그 얼굴은 '아득하고 닿을 수 없는' 것처럼 느껴졌다. 그녀가 그 테마를 한 차례 또 한 차례 치는 동안, 절망감이 그를 압도했다. 그는 이제까지 살아오는 동안 그 음악 안에 있는 것, 그의 주위의 대기 속에 떠돌던 그것을 경험한 적도, 포착한 적도, 누린 적도 없었다. 파리에서 지낼 때에도 주위에 떠돌았을 그것을 포착하지 못한 채 무가치한 생활만을 영위했을 뿐이었다. 아무것도 제대로 볼 줄 몰랐고 가질 줄도 몰랐다. 그는 잠시 벽에 기대서서 눈을 감고 눈물을 참았다. '다 큰 남자가 울면 볼썽사나울 거야.' 그는 생각했다.

그는 소맷부리로 눈물을 닦으면서 아주 오랜만에 자신에게, 뤼도빅이라는 인간에게 일어난 일에 대해 생각해 보았다. 뤼도빅 크레송은 사고를 당했으나 살아남았다. 살아나기까지 긴 시간 동안 사람들은 그에게 처방할 수 있는 온갖 약들을 시험했다. 그것은 그가 스스로에게 관심을 기울이지 않고 그런 일이 벌어지도록 방치했기 때문이었다. 다른 것들을 무시한 것처럼 그는 스스로에 대해서도 존중도 경멸도 하지 않았다. 때때로 자신이 만들어 낸 감상적이고 소소한 의무를 제외하면 그는 어떠한 의무도 진 적이 없었고, 아버지의 돈을 펑펑 쓸 권리 외에는 그 어떤 권리도 가진 적이 없었다. 그는 태평하고 안정된 인간이었을 뿐 행복이 어떤 것인지 전혀 모르고 있었다. 그런 자신이 순조롭게 흘러가던 안이한 삶으로부터 뽑혀져 나와 혼란의 한가운데 내동댕이쳐졌고, 그 안에서 절망의 세월을 보내면서 어쩔 수 없이 고독을 받아들인 것이다. 어린 시절부터 애정에 굶주린 그는 오랫동안 자신을 불구자 같은 존재로 여겨 왔었는데, 그 사고로 인해 공식적으로 불구자가 되고 만 것이다.

●

음악이 그치고 창문이 열렸다.
"뤼도빅? 거기서 뭐 하고 있나? 난 자네가…… 음, 테니스를 치러 간 줄 알았는데." 파니가 더듬거리며 말했다.
사실 그녀는 뤼도빅이 오후가 되면 여자를 만나기 위해 외출하곤 한다는 말을 필립에게서 들어 알고 있었다. 그녀는 필립의 말을 한 귀로 흘리고 아무 반응도 보이지 않았다. 그런데 그녀 앞에 일그러진 얼굴을 하고 있는 청년을 보니 쾌락의 시간을 보내고 온 게 아니라 무슨 시련에서 빠져나온 사람 같았다.

"자네 얼굴이 창백한걸. 이리 창문으로 들어오게."
그녀가 말했다.

뤼도빅이 프렌치도어를 통해 방 안으로 들어왔다. 그가 어찌나 굼뜨고 느리게 움직였던지 걱정이 된 그녀는 세 사람이 앉을 수 있는 피아노 의자에 그를 앉히고 자신도 그 옆에 앉았다. 그녀는 무슨 일이냐고 묻는 듯한 눈길로 그를 바라보았다. 뤼도빅은 불안해 보이지는 않았다. 볕에 그은 피부가 갑자기 반쯤 투명해 보였고 늘 방심한 듯하던 시선이 오늘은 반짝이고 있었다. 그녀는 오른손으로 조금 전의 멜로디를 토막토막 연주하기 시작했다.

"거기 서서 뭐 하고 있었나?"

"어릴 때부터 전 이 피아노 덮개가 열린 걸 본 적이 없어요……." 그가 말했다.

그러고는 매혹당한 듯한 손짓을 해 보였다.

"이 피아노의 덮개가 열린 걸 본 적이 없다고? 어떻

게 그럴 수가! 이 벡스타인 피아노는 훌륭해. 낡긴 했지만 소리가 아주 좋아. 내가 마르탱에게 조율사를 좀 찾아봐 달라고 부탁했어. 오늘 아침에 조율사가 와서 아주 꼼꼼하게 손봐 주었어. 이 집의 벽들은 무척 두껍더라고. 맙소사, 집 자체는 얼마나 흉측한지!" 방심한 탓에 그녀는 속마음을 털어놓았다. 사실 그녀는 크레송 저택의 실내 장식에 대해서는 아무 논평도 하지 않겠다고 결심해 두었던 것이다.

"그거 뭐였어요? 조금 전 심장이 멎을 것 같던 선율 말이에요." 그렇게 말하고 뤼도빅은 얼굴을 붉혔다. "사실 전 아무것도 몰라요, 음악에 대해서는요. 요양원에 있을 때 작은 이어폰이 달린 쓸 만한 라디오를 샀어요. 그 라디오 덕분에 그곳에서 마음을 가라앉힐 수 있었죠. 내가 음악을 듣다니 미친 거죠." 라디오의 음악 방송을 토막토막 들어야 했던 것을 한스러워하는 기색 없이 그가 말했다.

그는 이렇게 털어놓을 수도 있었다. '사는 게 지긋지긋했어요. 그저 내 상태를 진단해 달라고 했을 뿐인데, 그 야비한 의사들은 나를 감금해 버리더군요. 나를 가둬 놓고 어리석게 군다며 비난하고 구제 불가능한 위험인물로 취급했죠. 그때 나를 변호해 준 사람은 아무도 없었어요. 아무도 나를 보호해 주지 않았고, 거기서 데리고 나오지 않았어요. 피를 나눈 내 아버지도, 가장 가까운 사이인 내 아내도요. 사람들은 내게서 모든 것을 앗아 갔어요. 내가 우울한 사람이 아니라는 스스로에 대한 확신까지요. 그 이후 나는 줄곧 굴욕감에 시달리고 있어요. 내가 창녀들에게 달려가는 건 내 단단한 고독의 껍질에 작은 틈이라도 내기 위해서예요.'

파니는 뤼도빅의 시선을 피해 다시 건반을 두드리기 시작했다.

"이건 슈만이야." 그녀가 확신 없는 어조로 설명했

다. "아마 사중주일 거야. 정말 정말 아름답지, 맞아. 폐부를 찌른다는 게 정확한 표현이야. 난 피아노를 잘 칠 줄 몰라. 사실 음악에 대해 잘 몰라…… 그저 몇몇 작곡가들을 사랑하는 것뿐이야……."

그들은 창문과 피아노 사이에 앉아 있었다. 덧문 사이로 비쳐 든 햇빛이 장난치듯 아른거리며 뤼도빅의 매끄러운 머리카락과 파니의 커다란 눈 위에 비치고 있었다. 그녀는 오른손으로 슈만의 고통스러운 동시에 그윽하고 달콤한 곡조를 치는 데 열중해 있었다.

"전 이 곡을 오늘 여기서 발견했어요." 뤼도빅이 불쑥 말했다. "당연해요. 오늘에서야 처음으로 사랑을 발견했으니까요. 내가 누군가를 사랑할 수 있다는 사실을 말이에요. 내가 사랑하는 사람은 당신이에요……." 그가 힘주어 말했다. "이제 난 당신 없이는 살 수 없어요."

"이런…… 무슨 그런 농담을……." 파니가 중얼거렸다. 그녀는 웃음을 지으려 애쓰며 피아노 의자에 앉은 채 몸을 뒤로 젖혔다.

하지만 그녀는 겨우 고개만 뒤로 젖힐 수 있었다. 다음 순간 그녀의 얼굴로 뤼도빅의 입술이 다가왔던 것이다. 뤼도빅은 의자를 두 손으로 짚은 채 그녀의 얼굴에 입술을 갖다 댔다. 그러고는 그녀의 뺨, 이마, 목 안쪽에 입맞춤했다. 거기에는 상대에 대한 존중과 더불어 억제할 수 없는 욕망이 깃들어 있었다. 그녀는 거부하는 몸짓을 취하면서도 그 격렬한 부드러움에 신음을 토하지 않을 수 없었다. "당신을 사랑해요, 당신을 사랑해요." 그녀의 귀에 뤼도빅의 목소리가 줄곧 들려왔다. 그 목소리는 확신에 차 있었다. 파니는 그를 밀어 낼 수가 없었다. 왜냐하면 그는 그녀를 손으로 붙잡지도 만지지도 않았던 것이다. 자연스럽고 아련한 그 무엇, 감동적이고 고요한 그 무엇, 금방이라도 까무러칠 듯한 느낌을 이리저리 옮겨 놓는 것은 그의 입술뿐이었다.

●

　어둠이 내리고 있었지만 그들은 그 사실을 의식하지 못했다. 뤼도빅은 열정에 찬 말들을 되는대로 나직하게 중얼거렸다. 파니는 상대의 남성성과 힘이 행사하는 압도적인 매력에 얼떨떨함과 감사 그리고 때 이른 소유욕이 뒤섞이는 것을 느꼈다. 이윽고 거기에 정신적 사랑과 만났을 때 쾌락과 하나가 된 사랑이 주는 그 눈부신 공감이 더해졌다.

　파니에게 그 상황은 정말이지 정신 나간 것이었지만, 그녀의 몸은 너무나도 자연스럽게 반응했다. 그녀는 웃음을 터뜨렸고, 자신이 왜 웃는지를 뤼도빅에게 설명하려 애썼다. 뤼도빅은 처음에는 놀란 듯했지만 그녀가 어떤 반응을 보이든 이내 압도되고 매혹되었다. 그녀는 그의 곁에 옆으로 길게 누웠다. 남자의 큰 키, 건조하고 부드러운 피부, 넓은 어깨, 강한 힘, 요컨대 자신감을 느낄 수 있었다. 그녀는 그의 나이나 자신의 나이 같은 것은 생각하지 않았다. 그것이 장애물로 여겨지지 않았다. 그것은 그들의 머리 색깔의 차이만큼이나 대수롭지 않았다. 그는 그녀의 몸 구석구석에 감탄했다. 심지어 그녀의 가벼운 결점조차도 무슨 선물이라도 발견한 것처럼 고마워했다. 그리고 그녀는 자신의 몸을 그토록 거침없이 노골적으로 바라보는 그의 눈길을 편안하게 받아들일 수 있었다. 비판받고 부끄러울 수도 있다는 불안감 같은 것은 없었다.

그들로부터 5미터 정도 떨어져 있는 방문이 열릴지 모른다는 불안도 느껴지지 않았다. 사실 거실에 면해 있는 그 문이 열리면 일대 스캔들이 일어날 터였다.

●

두 사람은 저녁 식사 내내 약간 맑아진 얼굴에 고요

하고 온순한 태도를 취했다. 필립은 그것을 보고 깜짝 놀랐다. 그는 사랑의 징후에는 무지했지만 쾌락의 징후가 어떤 것인지는 잘 알고 있었던 것이다.

앙리 크레숑은 오른손에 붕대 같은 것을 감고 있었다. 그는 이 후추 통, 저 후추 통을 들어 두드려 대다가 터져 나오려는 폭언을 가까스로 참았다. 세 여자, 그러니까 체면에 신경 쓰는 아내와 며느리와 손님 앞에서 험한 욕설을 하는 대신 위신을 지키기로 마음먹었기 때문이다.

"일하다가 작은 사고가 있었다오. 도쿄에서 온 그 멍청이 수입업자 때문에 말이오. 새로 들인 채소 껍질 까는 기계를 꼭 보고 싶다더군. 그건 정말 대단한 기술적 쾌거야. 비용이 20만 달러가 넘게 들긴 했지만 말이지!" 그는 필립과 뤼도빅을 향해 위협하듯 나이프를 휘둘러 대며 말했다. 두 사람의 눈이 휘둥그레졌다. "그 사람에게 그 멋진 기계를 보여 주다가 절단용 가죽끈에 손이 스쳤지."

그런 다음 그는 붕대 감은 손을 식탁 한가운데로 내밀었다.

"큰일 날 뻔했네요! 그만하기 정말 다행이에요, 안 그래요?" 파니가 말했다.

"아, 그렇긴 하죠." 앙리는 감동한 듯했고 아프다는 뜻으로 이를 드러내 보였다.

"조심하셨어야죠, 아버님." 마리로르가 상드라만큼이나 무심한 목소리로 말했다. "그런데 그 일본인은 투렌 구석에서 뭘 하고 있대요?"

"정말 그러네요. 여긴 도쿄에서 너무나 멀리 떨어진 곳인데. 그분을 저녁 식사에 초대해야 할 것 같은데요." 파니가 말했다.

"그들은 IAOPU의 판매 대리인들로 모두 일곱 명이나 된답니다. 일본은 물론 아시아에서 가장 큰 종자 수입상들이죠."

"일곱 명이라고요!" 뤼도빅이 갑자기 정신이 든 듯

외쳤다. "굉장하네요. 그들을 초대하고 또 큰 파티를 치를 거니까 여기야말로 사교계로군요!"

그가 편안하게 웃음을 터뜨리자 좌중은 어리둥절했다. 앙리가 제일 먼저 정신을 차리고 언짢은 심기를 드러냈다. 파니 역시 웃고 있었기 때문이다.

"애야, 분명히 말하는데 우리가 그 '대단한 파티'를 여는 건 널 위해서야. 정신 병원에서 돌아온 네 정신이 멀쩡하다는 걸 증명하기 위해서라고! 물론 난 그 사실을 확신하지만 말이야."

"논쟁의 여지가 있군요." 뤼도빅이 이번에도 쾌활한 어조로 응수했다.

"또 분명히 말하는데 네가 거기에서 간호사들과 새롱거리는 동안 난 힘들여 일을 했지!"

사람들이 눈을 내리깔았고 침묵이 이어졌다. 이윽고 앙리가 약간 거북해하며 기죽은 목소리로 말했다.

"이 중에서 일하는 사람은 나뿐이야. 친애하는 파

니, 물론 당신은 빼고 말이오." 그는 파니의 손을 잡고 입맞춤을 했다.

뤼도빅이 큰 소리로 웃음을 터뜨렸다.

"사실 전 간호사들과 새롱거리는 행운을 누리지 못했어요, 아버지. 건장하고 튼튼하고 기운찬 여자들과 어울렸어야 했는데 말이죠." 그는 진짜 학생 같은, 격의 없고 솔직한 미소를 지으며 동조를 구하는 듯 파니 쪽으로 고개를 돌렸다.

"당신은 그런 약점을 이젠 극복하지 않았어?" 마리 로르가 반박했다. "마담 아멜 밑에서 일하는 여자들과 잘만 어울리는 것 같던데? 아무튼 난 그렇게 들었어."

'얘는 정말 무슨 뱀처럼 쉭쉭거리면서까지 야유를 던지네.' 파니가 생각했다. 그녀가 고개를 돌리며 자리에서 일어서며 화가 난 어조로 말했다.

"어쨌든 이런 대화는 참을 수가 없군요. 실례합니다."

파니가 식당을 나갔다.

필립이 예의를 차려 일어섰고, 뤼도빅은 웃음을 그쳤고, 앙리 크레송은 혼란스러운 표정을 지었다. 파니와 뤼도빅 사이에 공감과 공모의 눈길이 오간 다음 파니가 짜증을 내는 것을 보고 필립의 의심은 거의 확신으로 바뀌었다. 마리로르 역시 뭔가 이상하다고 여긴 듯했다. 왜냐하면 이번에는 그녀가 자리에서 일어나서 어머니의 뒤를 따라갔던 것이다. 이제까지 한 번도 본 적이 없었던 가족 간의 연대를 보여 주는 표시였다.

식탁에는 남자 셋만 남아 있었다. 앙리는 다른 사람들에게는 잘 들리지 않는 몇 마디를 중얼거렸다. 자리를 뜨는 것을 합리화해 줄 구실일 터였다. 그는 자리에서 일어나 "좋은 저녁이 되기를."이라고 했는데 그 말은 "그만 잠자리에 들지!" 하는 노기 섞인 명령으로 들렸다. 남은 두 사람은 마주 앉아 있었다. 뤼도빅은 마룻바닥을 내려다보았고 필립은 그런 그를 응시했다.

"내일 날씨가 좋을 것 같니?" 필립이 물었다. "파티

날 날씨는 어떨 것 같아?"

"날씨 생각은 전혀 안 해 봤는데요. 아무도 그런 생각은 안 했을 겁니다."

"어쨌든 자네의 매력적인 장모님은 날씨가 중요하다고 생각할 것 같은데. 그분이 사태를 낙관하는 편이고. 그 나이치고는 사랑도 넘치기는 하지만……."

"전 그분의 나이 같은 건 신경 쓰지 않아요." 뤼도빅이 대답했다. 그러면서 자신도 모르게 다시 미소를 지었는데, 필립은 그 미소가 왠지 신경에 거슬렸다.

필립은 파니와의 사이에 공감대를 전혀 찾을 수 없었다. 정중하게 예의를 차리고 있긴 해도 그녀가 자신을 하나의 정물 같은 존재로, 정착하지 못하는 인간으로 여기고 있음을 그는 잘 알고 있었다. 때때로 그 자신조차 스스로를 그렇게 여겼다.

8

 뤼도빅을 다시 보았을 때 파니는 이제 그가 나이도 성격도 모르는 낯선 사람으로 여겨지지 않았다. 불안정한 고아처럼 보이는 것은 더더욱 아니었다. 그녀는 막연히 자신이 그에게 속해 있다고 느꼈다. 걱정스러운 점은, 사람들이 잔인할 정도로 그를 모욕하고 나아가 원한이라도 품은 듯 무자비한 말을 쏘아붙여도 그가 그 자리에서 즉각 화를 내지도, 기분 상한 티를 보이지도 않는다는 사실이었다. 그의 그런 무심하고 허술한 태도 때문에 사람들은 더더욱 그를 악의적으로 대하는 듯했다. 파니는 그가 그런 기억상실증 환자 같은 태도를 보이는 것이 한심하게도 물질적인 이유 때문이 아닐까 하고 두려운 마음으로 생각했다. 그런 가정을 하게 되자 그 청년에게서 발견한 새로운 매력이 시들어 버렸다.

그녀는 그날 밤 이 문제를 깊이 숙고해 보고 다음 날 아침 파리로 돌아가는 것이 좋겠다고 생각했다. 어쨌든 뤼도빅과 털어놓고 이야기를 나눠 봐야 했다. 하지만 침대 협탁 위에 에비앙 병이 무슨 샤프롱처럼 믿음직스럽게 놓여 있는 시골의 넓은 침대에 눕자마자 바로 잠이 들고 말았다. 눈을 감고 있어도 여전히 자기 얼굴 바로 앞에 와 있는 뤼도빅의 미소 띤 얼굴이 아른거렸다. 그의 다갈색 두 눈은 행복으로 빛나고 있었다. 그녀는 스스로를 이해할 수 없었다. 지난날 그녀는 두툼한 입술에 영국 남자 같은 태도를 지닌 캉탱을 보자마자 사랑에 빠져 그를 욕망했다. 뤼도빅 같은 형의 남자에게는 호기심과 연민만을 느꼈을 뿐이었다. 그런데 무슨 일이 일어난 것일까?

잠에 빠진 그녀는 사랑에 빠진 남자가 던진 조약돌이 창의 덧문에 부딪히는 소리를 듣지 못했다. 물론 그 편이 더 나았다.

●

 다음 날 아침 파니가 식당으로 들어갔을 때, 뤼도빅은 어젯밤과 똑같은 눈빛과 미소를 짓고 문 쪽을 향해 서 있었다. 그녀는 감동해 어쩔 줄 모르는 그를 보고 놀랐다. 뜻밖의 애정이 치밀어 올라 목이 죄어들었다. 문턱에서 그녀는 비스킷을 먹고 있는 마리로르를 보았지만, 딸이 등을 돌리고 있어서 표정을 볼 수는 없었다. 자리에 앉으면서 파니는 딸 앞에서 평생 처음으로 죄책감을 느꼈고, 전날 저녁 마치 뤼도빅이 자신을 강간해 임신이라도 시킨 것처럼 그에게 싸움이라도 걸고 싶은 심정이었다. 요컨대 자신은 왜 그렇잖아도 음울하기 짝이 없는 세 사람의 상황을 이토록 복잡하게 만든 것일까?

 "안녕하세요." 그녀가 미소를 지은 채 예의 바르게 주위를 둘러보며 말했다. 그런 예의를 빠뜨리지 않는 것이 그녀의 습관이었다.

모두들 "안녕하세요." 하며 그녀에게 인사를 건넸지만 필립은 침묵을 지켰다. 그는 조금 낡은 실내복 차림이었다. 앙리는 공장으로 출근하고 없었고, 뤼도빅은 몽상에 잠겨 있는 것 같았다.

"맙소사, 어머니, 그 끔찍한 일에 다시 몰두하셔야 하는 건가요?"

마리로르는 실크 블라우스와 벨벳 바지를 입은 파니를 여유 있는 눈길로 바라보았다.

"바지 차림을 더 자주 하시는 게 좋겠어요. 바지 입은 모습이 더 젊어 보여요. 그래요, 맞아요, 그렇고말고요……." 누군가 자신의 칭찬을 반박하기라도 한 것처럼 그녀가 힘주어 말했다.

그 말에 파니는 솔직한 미소로 답했다.

"정말 그러니……?"

그녀는 관심과 애정에 찬 눈길을 딸에게 던지며 말

했다.

"그렇다면 넌 치마를 입으렴. 허리가 날씬해서 짧은 주름치마를 입고 뾰족구두를 신으면 언제나 귀엽단다……."

"나보고 옷을 갈아입으라는 거예요?" 자신이 입고 있는 샤넬 투피스를 가리키며 마리로르가 분개한 어조로 말했다. "잠시 후에 골프를 치러 갈 거라고요."

마리로르로서는 파니의 지적을 받은 앙상블을 계속 입고 있어야 한다는 것이 좀 짜증스러웠다. 게다가 그동안 그녀에게 가혹한 냉대를 받으면서도 그녀의 차림새를 칭찬해 주던 뤼도빅이 이제는 파니만 바라보고 있었다. 사실 파니는 그날 무척 젊어 보였다. 그래서 그런 칭찬 아닌 칭찬으로 나이를 강조하려던 마리로르의 의도는 소기의 성과를 거두지 못했다. 그녀는 자리에서 일어섰다.

남편이 집으로 돌아온 후 마리로르는 오후에 종종

골프를 나갔다. 그녀는 골프장에서, 그녀의 말에 따르면, '리츠 호텔에서 기적적으로 빠져나온' 몇몇 외국인 친구들과 재회했다. 그녀는 그들에게 뤼도빅이 같이 오지 못한 것은 '재활 치료' 때문이라고 설명했다. 이 애매하고 시사적인 단어는 실제로 그녀가 혼자 다니는 것을 성공적으로 정당화시켜 주었다. 그녀는 그곳에서 만난, 자신을 숭배하는 한 남자를 떠올리며 한숨을 내쉬었다. 그 미국인은 재산은 상당했지만 명예가 없었다. 삼 년 동안 흠잡을 것 없이 거의 수절을 해 온 마당에 겨우 미네소타의 사업가 정도에 정착할 수는 없었다. 골프장에서 라 크레소나드로 돌아와서는 친구들에게 전화를 거는 것이 그녀의 일과였다. 페레 변호사와 세네 변호사와도 통화했다. 그들은 크레송가의 재산 중에서 그녀의 몫, 다시 말해서 그녀가 받을 유산을 현재에도 미래에도 지켜 줄 터였다. 그런 다음에는 필립과 한 시간쯤 수다를 떨곤 했다. 크레송 부자가 밖에서 벌이는 엉뚱한 짓을 알게 된

후부터 그녀는 필립과 정보를 주고받는 사이가 되었다.

●

그날은 뤼도빅의 컨버터블이 테라스 앞에 세워져 있었다. 뤼도빅이 요양원에서 돌아온 것을 기념해 앙리가 사 준 것이었다. 청년이 낮은 돌계단을 내려와 그 앞에 섰다.

"마리로르가 부탁한 꽃을 사는 걸 잊으면 안 돼요! 사람들에게 필요한 걸 사다 주겠다고 했거든요."

그는 자신의 이중적인 태도를 내심 흡족하게 여기는 듯했다. 이 바보 같은 청년과 자신은 도대체 뭘 하고 있는 것일까? 파니는 자문했다. 그는 그녀를 열정적으로 사랑한다고 거듭 말했고, 그녀와 사랑을 나눌 때면 그녀 역시 자신을 사랑한다고 여기는 듯했다. 그런데 그는 몇 년 전부터 스스로의 말에 책임을 질 수 없게 된 사람 아넌가. 자신은 그에게서 무엇을 원하는 것일까? 그를 경멸할 수는 없었다. 무슨 권리로 그런단 말인가?

기차역은 저택에서 그리 멀지 않았다. 역으로 가서 기차를 타고 파리로 돌아가면 그녀는 스스로를 웃음거리로 만들 충동이나 행동을 피할 수 있을 터였다.

"차 키 갖고 있어요?" 뤼도빅이 물었다.

"응." 그녀가 대답했다. 그러고는 가방 안을 뒤져 자동차 키를 찾아냈다.

그녀는 키를 그에게 건넨 다음 조수석 문을 열고 차에 탔다. 전날 그는 그녀에게 이번 외출에서 혹시⋯⋯ 자신이 운전을 해도 괜찮을지 물었고, 그녀는 그 대담한 제안을 받아들였다. 이제 그는 딱딱하게 굳은 불안한 표정으로 고개를 차창 쪽으로 기울이고 있었다. 하지만 그녀는 헛기침 같은 것을 하지 않았다. 지난 보름 동안 그들 사이에는 어떤 규칙 같은 것이 자리를 잡았다. 남자는 여자와 사랑을 나누고 사랑의 말을 되풀이하는 것은 괜찮았지만, 다른 사람들이 있는 자리에서 은밀하게 여자에게 윙크를 보내지는 말아야 했다. 무엇보다도 운전에 대한 공포를 극복하지 못하고 한나절 내내 여자에게 운전을 시킴으로써 여자 앞에서 아내로부터 한심한 작자 취급을 받아서도 곤란했다. 처음에 파니는 뤼도빅을 딱하게 여겼으나, 이제는 자신이 딱하게 여겨졌다. 요컨대 책임감 없는 젊은 남자와 엮여 버린 자신, 남편 없이 스스로 생활비를 벌기 위해 일을 해야 하는 자신, 따뜻한 마음이라고는 없는 이 부르주아 집안에 귀중한 휴가를 바쳐 버린 자신이.

"무슨 일 있어요……?"

"출발해, 침착하게 운전해, 뤼도빅, 난 좀 피곤해. 핸들 잘 잡아."

그런 다음 그녀는 고개를 뒤로 젖히고 두 눈을 감았다.

잠시 침묵이 흘렀다. 뤼도빅이 시동을 걸고 차를 출

발시키는 소리가 그녀의 귀에 들려왔다. 그는 엔진 상태를 살피며 흔들림 없이 부드럽게 차의 속도를 높였다. 그녀가 눈을 감은 것은 그의 운전을 믿는다는 표시이기도 했지만 무엇보다도 실제로 지쳐 있어서이기도 했다.

"와이퍼 작동 스위치가 어디 있는지 모르겠어요." 그가 경쾌한, 거의 들뜬 목소리로 말했다. "제가 잊어 버린 모양이에요……."

그녀가 눈을 떴다. 불안과 순진함이 어린 얼굴을 그녀 쪽으로 돌리고 있는 그를 잠깐 바라보고는 왼손으로 와이퍼 스위치를 작동시켰다.

"내가 운전하는 차를 타는 게 겁나지 않아요? 용기가 없어서 그걸 물어볼 수가 없었어요. 하지만 당신이 오고 난 후부터 남모르게 운전 연습을 했어요."

"전혀 겁 안 나. 왜 겁이 나겠어?" 그녀가 말했다.

그런 다음 다시 눈을 감았다.

뤼도빅은 투르까지 말없이 운전했다. 그 화려한 도시에 도착하자 그는 하나부터 열까지 그녀의 말을 따랐다. 상점에 들어서면 카트를 밀고 그녀가 뭔가를 사려고 할 때마다 찬성의 눈길을 보냈다. 마담 아멜로부터 뤼도빅을 만났다는 말을 듣고 열광하게 된 한 무리의 여점원들이 그를 에워싸기도 했다. 정신이 온전치 않다나 뭐라나 하는 저 신사, 장모한테 굉장히 잘하는걸. 저렇게 다정하게 굴면 아내가 질투할 것 같은데.

두 사람은 어떤 대형 상점 한복판에 서 있었다. 파니는 식탁 위에 놓을 도기로 된 잔을 고르다가 불쑥 뤼도빅에게 가격표를 보여 주었다.

"어떻게 생각해?"

"오, 백지 수표를 갖고 계시잖아요." 그가 가격표에는 눈길도 주지 않은 채 대답했다. "가격이 무슨 상관이에요." 그는 그녀의 소매를 잡고 출구 쪽으로 이끌며 말을 이었다. "이곳 사람들이 감동할걸요. 두고 보세요. 자기네 파티에 쓰려고 똑같은 걸 살 거예요."

"난 저 사람들 파티에 가지 않을 텐데 뭘." 파니가 웃으며 말했다. 구입한 물건을 뤼도빅이 자동차에 실었다. 몸을 숙여 그녀의 지시에 따라 물건을 빠짐없이 트렁크에 싣는 그에게서는, 가족들로부터 상처 입고 약과 무기력함에 빠진 모습이 아닌 새로운 면을 볼 수 있었다.

그녀가 그 자동차의 불편한 조수석에 다시 앉자, 그는 길 한가운데에서 몸을 기울여 그녀의 머리카락에 입맞춤을 했다. 재빠르고 공개적인 동작이었다. 그녀는 좌석에 앉은 채 몸을 일으켰다.

"미쳤어, 뤼도빅 크레송! 투르 전체에 우리 사이를 광고하고 싶은 거야?"

"마음대로들 생각하라고 해요. 어쨌든 우린 여행을 할 거잖아요, 안 그래요? 난 넓은 세상에 나가 본 적이 없어요. 물론 당신이 여행을 좋아한다는 전제가 있어야 하지만요."

그녀는 다시 좌석에 몸을 기댔다. 그 순간 안에서 잠글 수 있는 공간 하나를 갖기 위해서라면 모든 걸 줄 수도 있을 것 같았다. 그녀가 좋아하지 않는 투르에서라도 상관없었다. 그곳에 틀어박혀 다시 일상을 살면서 파리의 아파트나 이곳 크레소나드의 방에서처럼 100제곱미터의 공간에 만족할 수 있을 듯했다.

'도대체…… 내게 무슨 일이 벌어진 것일까? 이게 무슨 비극적인 드라마인가……! 딸애에게 화가 치밀면서도 그 애를 곤경에서 구해 주기 위해 이 시골까지 삼 주를 보내러 온 것까지는 그렇다 치자. 그런데 여기서 가족에게 희생당한 이 청년의 유혹에 어리석게도 넘어가다니. 이건 이미 저주받은 사랑이 아닌가?' 그녀는 생각했다.

캉탱이 죽은 후 그녀는 단 한 번 남자와 밤을 보낸 적이 있었는데, 이튿날 남자의 오만하고 뽐내는 듯한 태도에 모욕감을 느꼈다. 좀 더 정확히 말해서 그 남자로 인해 사랑에 대한 그녀의 견해가 훼손당했다. 캉탱과의 사랑을 통해 그녀는 사랑에는 상대에 대한 존중이 내포되어야 한다는 생각을 떨칠 수가 없었다. 아주 똑똑한 남자들이 아내나 정부에게는 상스럽게 행동하는 것을 주위에서 보았다. 아주 매혹적인 여자들이 연인의 정력에 대한 이야기를 미용사에게 풀어놓는 일도 흔했다. 그러니까 자유라는 이름으로 반청교도주의가 횡행했다. 자신이 자유롭게 남자를 만나도 된다는 것을 깨달았을 때 그녀는 깜짝 놀랐다. 그때까지는, 캉탱의 존재와 정신적인 장벽 때문에 평생 그런 자유를 모르고 살았던 것이다. 그런데 이제 문득 떠오른 한 가지 생각이 무슨 오점처럼 그녀를 겁에 질리게 만들었다. 사랑을 감출 줄 모르는 분별심 없는 남자를 사랑할 수는 없다는 사실이었다.

●

 파니와 뤼도빅은 투르 여기저기를 돌아다니며 파니가 작성한 목록에 따라 필요한 물건들은 사면서 그날 오후를 보냈다. 파니는 삼 일 동안 꼼꼼하게 목록을 작성했지만, 이제 그것은 비현실적이고 터무니없는 것처럼 보였다. 그녀는 날씨에 대해, 파티의 세부에 대해, 투르 사람들의 모습에 대해 이야기했고, 뤼도빅은 자기 주장을 펴지 않고 그녀의 말에 짤막짤막하게 대답했다. 그녀가 그를 향해 고개를 돌리면 왜 그러느냐고 묻는 듯한, 스스로를 책망하며 불안해하는 그의 얼굴이 보였다. 자신이 무슨 잘못을 저질렀는지 몰라 그는 입을 다물고 있었다. 이해할 수 없는 상황과 불안한 마음 때문에 늙어 보였고, 심지어 이목구비까지 좀 달라 보였다. 그는 마음 놓고 기쁨을 표시하던 어제의 젊은 연인이 아니었다. 갑자기 외롭고 절망에 빠진 성인으로 다시 돌아갔다. 미래의 가능성으로부터 등을 돌리고 방 한구석에, 삶의 한구석에 틀어박혔다. 그는 혼자, 줄곧 혼자였다. 어제는 그 고독에서 빠져나왔다고 느꼈지만, 이미 그 고독과 한 몸이 되어 있어서 더 이상 순발력을 발휘할 수 없었다.

한편 파니는 그에게 욕망을 느끼며 떨고 있었다. 그의 매력적인 피부, 내리깐 긴 속눈썹, 불안한 눈빛, 핸들 위에 놓인 보기 좋고 커다란, 신기할 정도로 사내다운 손, 이제 그녀는 그 손이 얼마나 능숙하고 사려 깊은지 알고 있었다……. 전날 그녀가 경험한 그 모든 것들 때문에 오늘 그녀는 그의 눈길을 정면으로 마주 볼 수 없었다. 캉탱에 대한 열정이 가장 격렬하게 타올랐을 때 그랬던 것처럼.

그 생각을 하면 할수록 그녀는 놀라고 두려웠다. 누군가와 첫 포옹부터 그토록 내밀하고 자연스럽게 친밀해진다는 게 가능한 일일까……. 그들은 두려움도 호기심도 부끄러움도 없는 또 다른 영역에서 서로를 발견했다. 그것은 운명이라고 부를 수밖에 없었다. 그녀가 그보다 열 살이 많든 적든, 그 일이 스캔들이든 아니든, 그것이 지속적이든 일시적이든, 이 사건, 피아노 옆에서의 그 두 시간이 그녀의 삶, 그녀의 습관과 어울리든 그렇지 않든 간에.

9

그날 저녁 식탁에서 오간 대화는 단조롭고 지루했다. 앙리 크레송은 어째서 관광객들이 판에 박힌 것들을 한사코 보고 싶어 하는지, 따분한 데다가 뭐가 너무 많이 달린 정육면체 건물에 불과한 노트르담 대성당을 왜 그렇게 좋아하는지 이해할 수가 없었다.

"게다가 도처에 매달려 있는 그 흉측한 머리 같은 것들…… 그걸 뭐라고 하더라, 외부에 매달려 있는 그 끔찍한 것들……? 그 소름 끼치는 것들 말이야. 그걸 뭐라고 하더라……?"

"이무깃돌 말이죠." 뤼도빅이 말했다.

"네가 그걸 어떻게 알지?" 앙리가 놀라서 물었다. 마치 아들이 무시무시한 원자핵 분열의 비밀을 발설하기라도 한 것처럼.

"정말 그러네, 그런 전문적인 용어를 어디서 알았어? 예전에 우리가 본 기둥은 돌로 된 것이 아니었던 것 같은데…….." 마리로르가 놀라움을 표시했다.

"그중 돌로 된 이무기가 딱 하나 있었어. 내가 그것과 결혼했지."

뤼도빅의 차분한 말에 이어 긴 침묵이 흘렀다. 앙리의 얼굴이 만족감으로 상기되었다. 그가 입을 열어 이 상황에 꼭 들어맞지는 않지만 결정적인 견해를 밝히려는 순간, 천장 쪽에서 무겁고 느릿한 발소리가 들려왔다. 모두 휘둥그레진 눈으로 포크를 치켜든 채 동작을 멈추었다. 식당 위는 상드라의 방이었고, 그녀는 얼마 전부터 직립 자세를 취하지 말라는 의사의 처방을 받고 침대에서 누워 지내고 있었다. 지금은 야간 간호사가 그녀의 머리맡을 지키고 있었다. 주간 간호사의 몸매가 육중하다면 야간 간호사는 몹시 여윈 편이었다.

"햄릿이 죽은 아버지 발소리를 듣기라도 한 것 같네요. 1막에 나오는 장면 말이에요." 뤼도빅이 다시 말했다.

"이런, 조용히 좀 해!" 앙리가 일어서며 소리쳤다. "상드라가 일어난 거라면 즉각 자리에 누워야 해. 뮈라 박사…… 뮈라 박사가…… 뭐라고 했더라, 어제 나한테 또다시 강조했는데. 필립, 올라가서 자네 누이를 침대에 눕혀 주게, 나도 곧 가겠네. 자, 자, 처남, 뛰어가라고!"

필립은 걱정스럽다기보다는 신나는 듯한 품새로 층계 쪽으로 달려갔다.

마리로르는 뤼도빅이 한 말을 곰곰이 생각해 보는 듯했다.

"도대체 왜 저러는 걸까?" 앙리가 아내를 떠올리며 중얼거렸다.

그는 자리에서 일어나 난간을 향해 천천히 걸음을 옮겨 놓았고 파니가 기진맥진한 모습으로 그 뒤를 따랐다. 마리로르가 그들을 불러 세웠다.

"저기요, 아버님, 어머님이 일주일 전부터 방에서 걷기 연습을 하고 계세요. 파티 때 아버님을 깜짝 놀라게 하고 싶으신 모양이에요."

"말도 안 돼! (앙리는 정말이지 깜짝 놀란 것이 분명했다.) 그런 짓을 하다니…… 무슨 권리로! 병원에서 마셍 박사도 말하기를……."

"어머님은 그런 건 신경 안 쓰세요, 아버님."

앙리가 고래고래 소리를 질렀다. "하지만 상드라의 꼴을 좀 생각해 봐…… 얼굴이 너무 익어 물러 터진 토마토 같고, 익히지 않은 말 뒷다리 같잖아…… 게다가 후식이 나올 때쯤에는 기절을 할지 누가 아냐고……! 아, 안 돼, 아, 안 돼, 아, 안 된다고! 그럼 파니는? 파니가 손님들을 맞기로 했잖아, 안 그래? 라 크레소나드에서 아름다운 여성이 손님들을 맞을 거라고 친구들한테 장담했단 말이야!" 그런 다음 그는 재빨리 이렇게 중얼거렸다. "물론 상드라에게는 다른 장점들이 있지……."

파니가 충격을 받고 항의했다.

"자기 아내를 그렇게 말하는 사람이 어디 있어요! 우선 난 손님들을 맞을 권리를 기꺼이 부인께 돌려드리겠어요. 그리고 당신이 사용한 단어 말인데요……."

"하지만 그건 전혀 나쁜 의도에서 한 말이 아닙니다." 앙리가 사과했다. "아시다시피 사실 남자들은……." 그는 상어의 웃음 같은 미소를 지었는데, 그 미소는 정말이지 그에게 어울리지 않았다. "제가 한 말은 그저 하나의 표현일 뿐입니다." 그가 평소의 심술궂은 표정을 되찾으며 외쳤다. "남자가 자기 아내를 두고 말 뒷다리 운운하는 말을 한 번도 들어본 적이 없다는 말은 하지 마세요! 익힌 것이든 날 것이든 말입니다. 경솔한 말일 수는 있지만 나쁜 뜻에서 한 말은 아닌 것이……."

"전 못 들어봤어요." 파니가 단호하게 대답했다. "익혔든 안 익혔든 간에 남자가 자기 아내를 말 뒷다리에 비유하는 건 한 번도 들어 본 적이 없다고요."

신경질적인 웃음소리가 터져 나오려 해서, 그녀는 약간 오만한 태도로 서둘러 자리를 뜨지 않을 수 없었다.

"들어 본 적이 없어요, 없고말고요." 그녀가 층계에서 거듭 말했다.

그녀는 층계참에서부터 자기 방까지 말 그대로 달려갔다.

마리로르와 뤼도빅과 앙리, 세 사람은 모두 얼빠진 듯한 표정으로 천장에서 나는 소리에 귀를 기울였다.

"마르탱, 지금은 아무 소리도 안 들리지, 그렇지?" 식탁에 앉은 다른 두 사람이 마치 귀머거리인 양 앙리가 그들을 무시하고 집사에게 물었다.

"예, 안 들립니다, 나리." 집사가 치즈 쟁반을 보여 주며 대답했고, 앙리 크레송은 짜증 어린 손짓으로 쟁반을 물리쳤다.

"하지만 조금 전 분명히 발소리가 들리지 않았나?"

"아뇨, 전 못 들었습니다, 나리." 마르탱이 언제나처럼 무심한 어조로 대답했다.

두 사내는 적의 서린 눈길로 서로를 노려보았다.

"그 치즈 이리로 가져와요! 아무도 원하지 않으면요."

치즈를 몹시 싫어하면서도 마리로르가 집사를 향해 도전적으로 한 손을 들어 올렸다가, 시아버지 쪽을 힐끗 보더니 동작을 멈추고 손을 냅킨 위에 내려놓았다.

"처남이 상드라를 설득하는 데 성공한 모양이군. 상드라가 다시 침대에 누운 것 같아!" 앙리가 말했다.

"혹시 삼촌이 어머니께 멍키 스패너를 휘두른 건 아니겠죠?" 뤼도빅이 물었다.

마리로르는 뤼도빅이 요양원에서 돌아온 후 처음으로 흥미로워하는 미소를 띠고 그를 바라보았다. 하지만 그는 그 눈길을 받아 주지 않았다. 그는 자기 아버지를 흥미롭게 관찰하고 있었다. 앙리는 아내에 대한 의무감과 그녀에게서 벗어나고 싶은 격렬한 욕망 사이에서 갈

등하고 있는 것이 분명했다. 그는 갑자기 자리에서 일어서더니 옷을 넣어 두는 로커 쪽으로 향했다.

뤼도빅과 그의 아내는 한순간 서로를 마주 보다가 이내 식탁에서 일어났다. 필립은 여전히 나타나지 않았다. 그래서 그의 중재는 가족의 치하를 받지 못한 채 넘어가고 말았다.

●

밤 11시 마담 아멜은 휴지로 어질러진 작은 거실에 앉아 있었다. 그녀 밑에서 일하는 여자 둘이 각각 긴 의자와 안락의자에 앉아 휴지로 눈물을 닦고 있었다. 두 여자 중 하나가 성적으로 변태인 낯선 고객과의 만남에서 겨우 빠져나온 참이었다. "관광객이나 타지방 사람과는 다시는 약속을 잡지 마!" 마담 아멜은 그 말을 되풀이하면서 도망치다가 접질린 여자의 발목에 고정대를 대 주었다. 또 다른 여자 역시 두려움에 질린 채, 단호한 문구를 동원해 답장을 쓰고 있는 실비아 아멜을 신뢰의 눈빛으로 지켜보고 있었다. 그 아가씨는 그날 아침 옛 친구라는 남자에게서 뻔뻔스럽게도 두 달 치의 벌이를 요구하는 내용의 편지를 받았던 것이다. 하지만 뒤늦게 포주 노릇을 하려 드는 그 사내가 엄한 표정으로 공무원과 후원자들의 이름을 줄줄이 대는 마담 아멜의 모습을 본다면, 지레 겁을 먹고 계획을 포기할 터였다.

앙리 크레송이 마담을 찾아온 것은 이런 무거운 분위기 속에서였다. 하지만 이번에는 그런 분위기가 그에게 완벽하게 느껴졌다. 여자들이 다리를 드러내고 앉아 샴페인을 권하고 추파를 던졌다면 그는 성가셔했을 터였다. 그는 마담 아멜에게 지금 당장 시간을 내서 그의 말을 듣고 조언을 해 줄 수 있는지 물었다. 사실 최근 그는 마담의 상식과 분별력에 고마워하고 있었다. '게다가 오래전부터 생외스타슈 성당(그곳은 마담 아멜의 영지나

다름없었다.)의 오르간을 바꿔 주고 싶었다.'라고 그는 덧붙였다. 마담 아멜은 격한 문구로 마무리한 편지를 접어 놓고, 힘들어하는 두 젊은 여자를 방으로 들여보낸 다음 복도쪽 문을 조심스럽게 닫았다.

흩어진 휴지들에 둘러싸인 앙리 크레송은 투우를 시작하기도 전에 영웅으로 치켜올려져서 상을 받고 풀려난 황소처럼 보였다. 그는 코냑 두 잔을 연달아 마신 다음 소중하게 여기는 옛 친구라도 되는 것처럼 마담에게 말했다.

"내가 할 얘기란 이런 거요. 내 아내가 최근 다혈질 발작을 일으켰고 얼마 전부터 의사의 지시에 따라 누워서 지낸다는 걸 당신도 알 거요. 그래서 나의 사돈······ 요컨대 안사돈······ 그러니까 내 며느리의 어머니가 친절하게도 나와 아들과 함께 파티 손님들을 맞아 주기로 했소. 파니 크롤리는 매혹적인 여성이라오."

"그렇더군요. '트루아 도팽'에서 만난 적이 있어요. 그 댁 파티를 위해 밀짚 의자를 사고 있더군요. 제가 보기에도 정말이지 사랑스럽고 우아한 파리 여자였어요. 그리고 무척 젊어 보이던데요…… 그분 나이가 어떻게 되죠?"

"이런, 나이가 몇인지는 전혀 모르겠소." 앙리는 자신이 파니의 나이에 대한 걸 잊고 있었음을 새삼스럽게 깨달았다. "어쨌든 내 눈엔 젊고 아름답고 사랑스럽고 쾌활하고 매혹적인 여인이오. 정말 매우 몹시 매혹적이지……."

"그러시겠죠……." 아멜 부인이 그의 말을 인정했다. 그녀는 앙리의 말에 놀라기 시작한 참이었다.

"그녀는 파리의 일류 디자이너 의상실에서 일하고 있소. 물론 멋진 일이지만 먹고살기가 쉽진 않은 것 같소."

그는 말을 끊었다가 다시 이었다.

"간단히 말하자면 난 그녀와 결혼을 하고 싶소."

그날 저녁이 되자마자 겁에 질린 아가씨 둘을 사무실에 맞아야 했던 마담 아멜은, 이제는 이 지역의 으뜸가는 기업가, 수백 명의 사람들에게 일자리를 주는 고용주이자 그녀에게도 수백 명의 고객만큼 중요한 인물이 바야흐로 정신이 나간 것을 목격하게 된 셈이었다. 이 사람 제정신일까? 그녀는 앉아 있던 안락의자에서 벌떡 일어섰다.

"크레송 씨, 당신은 이미 결혼을 하셨잖습니까?" 그녀의 목소리가 방 안에 울려퍼졌다.

"아주 오래전에 했지!" 이번에는 앙리 크레송이 소리치며 벌떡 일어섰다. "당신도 잘 알다시피 내 아내는 괴물 하르퓌아 같소. 이 마을 사람치고 그걸 모르는 사람이 없지. 이혼이란 게 있잖소, 빌어먹을!"

그가 다시 자리에 앉았다. 마담 아멜이 자기 전에 코냑을 따랐다.

"그분도 이 사실을 아시나요?"

그녀는 상드라를 지칭한 것이었지만, 앙리에게는 그녀가 우선순위가 아니었다.

"아니, 모르오…… 파니는 이런 내 생각을 모르고 있소, 상드라도, 그 누구도 모른다오. 당신과 먼저 의논을 하고 싶었소."

충격이 지나가자 마담 아멜은 안정을 찾은 듯했다.

"우선 제가 무척 기쁘다는 걸 알아주셔요…… 저한테 처음으로 하시는 말씀이라니, 정말 영광이에요. 그러니까 제가 이해한 바로는 아직 아무 발표도 하시지 않은 거죠?"

"며칠 내로 할 거요." 앙리가 대답했다.

"그런데 그 부인…… 그러니까 며느님의 어머니는 동의하셨나요?"

"아직은 아니오, 난 파니에게 아무 말도 하지 않았다오. 하지만 알다시피 이런 일은 느낌으로 아는 거니까……."

그러면서 그는 사람 심리에 훤하다는 듯한 태도를 취했는데, 마담 아멜에게는 그다지 설득력이 없었다.

"파티 때 사람들 앞에서 발표할까 하오. 물론 상드라는 그 자리에 없겠지만 말이오. 그녀는 자기 방에서 나오지 않을 테니까…… 후식이 나올 때 두 가지 좋은 소식을 발표하는 거요. 내 아들이 완벽하게 정상이라는 것 그리고 내가 정말 좋은 여자와 결혼한다는 것 말이오……."

그는 무척 기쁜 듯했다.

"세상에." 마담 아멜은 그 말밖에는 할 수 없었.

그리고 그녀는 생각했다. '미친 건 바로 이 사람이잖아!'

"뤼도빅에 대해 말하자면, 그 애는 어머니의 사랑을 경험하지 못했소, 가엾은 녀석, 그 애는 파니를 무척 좋아한다오."

마담 아멜은 뤼도빅의 매력적인 모습과 자기 밑에

있는 아가씨들 모두가 한목소리로 뤼도빅의 사내다운 친절함을 자세한 예와 함께 칭찬하던 것을 떠올리면서 미간을 찌푸린 채 안락의자에 좀 더 깊이 몸을 묻었다. 이 상황을 지혜롭게 가늠해 보려 했지만 이런 기상천외한 일에 익숙지 않은 그녀의 머릿속에 떠오르는 것은 근친 간의 결투, 피투성이의 살인 같은 것뿐이었다.

"제가 사장님이라면 말이죠, 크레송 씨, 일단 파티를 치르고 며칠 기다렸다가 모든 걸 결정할 것 같은데요. 사모님, 그러니까 상드라가 이 소식을 가장 나중에 알아서는 안 되니까요."

"원래 아내가 바람피운 얘기는 오쟁이 진 남편이 제일 나중에 알게 되는 거라오. 오, 미안하오…… 파니가 날 유일하게 비난하는 부분이 있는데 그게 바로 내 말버릇이라오."

그가 너무나도 만족스런 태도를 취했으므로 마담 아멜이 덧붙일 수 있는 말은 이것뿐이었다.

"물론 전 괜찮습니다. 그런데 그분이 파리에서 사귀는 사람이 없을까요?"

"그건 내가 처리할 거요." 앙리가 탐욕스럽고 냉혹한 표정을 지으며 말했다.

앙리 크레송과 마담 아멜은 건배를 하고 행복을 기원하며 코냑 병을 다 비웠다. 그녀가 용기를 내어 말했다.

"그 멋진 분과 결혼하는 대신에 그녀가 파리에서 아무 걱정 없이 풍족한 생활을 누릴 수 있게 해 주시는 건 어떨까요. 그럼 부인이 비명을 지르고 사람들이 수군거리는 비극 같은 건 벌어지지 않을 텐데요……."

"파니는 그런 여자가 아니오, 마담 아멜! 그녀는 결혼으로써만 얻을 수 있을 여자라오."

"이혼 조정 신청이 발효될 때까지 육 개월이 걸릴 수도 있다면요…… 아시다시피 이혼을 하고 재혼을 하기 위해서는 300일 간의 간격을 두어야 하고요……."

앙리는 요지부동이었다.

"타히티나 안도라 제도에 가서 결혼하면 된다오. 아니면 룩셈부르크로 가든가. 거기 시장이 내 친구니까……."

"그분이 시골을 좋아하시나요?" 코냑 기운인지 심리적으로 충격을 받아서인지 마담 아멜이 동요하는 모습을 보이며 물었다.

앙리가 망설이다 말했다.

"그녀가 내게 털어놓기를 집의 외관과 실내를 통일시키면 더 멋질 거라더군."

그는 일어나서 바지에 붙어 펄럭거리는 휴지 조각을 떼어 낸 다음 마담 아멜의 손을 잡고 입맞춤을 했다.

"맙소사, 새벽 2시군…… 정말 실례가 많았소…… 당신이 해 준 조언 다시 한번 고맙소."

하지만 그녀가 한 많은 조언 중에서 그가 고마워하는 것이 어떤 것일까? 마담 아멜은 너무 피곤하고 동요

된 나머지 생외스타슈 성당의 리드 오르간에 대해 그에게 환기시키는 것을 잊고 말았다.

10

 신경이 몹시 피로해진 파니는 외출복 그대로 침대에 누웠다. 저녁 식사 동안 비가 내렸다. 창밖 검푸른 하늘에는 수많은 별들이 촉촉하게 젖어 움츠리고 있었다. 그녀는 잠시 바람 소리에 귀를 기울였다. 바람이 플라타너스 잎들을 천천히 흔들어 대다가 이따금 독실한 사제가 미사 경본의 페이지를 넘기듯이 나뭇잎들을 얌전히 겹쳐 놓았다. 이윽고 그녀는 외출복을 벗고 목욕을 하면서 여러 차례 소리 내어 중얼거렸다. "익히지 않은 말 뒷다리라니, 그런 표현은 한 번도 들어 본 적이 없어!" 그녀는 딱한 앙리 앞에 화가 나 서 있던 자신의 모습을 떠올렸다. 앙리는 사실 그 표현이 경멸에 찬 것이 아니라 경솔한 것뿐이라고 이해시키려 애쓰지 않았던가. 그 장면을 떠올리자 그녀는 다시 웃음이 터져 나왔다.

●

새벽 4시, 복도에 면한 파니 방의 문이 삐걱 소리를 내며 열리더니 뤼도빅이 들어왔다. 그는 낮에 입었던 옷차림 그대로였는데, 그 편이 유리할 거라는 그의 판단이 맞았다. 그가 말끔하게 새로 면도를 하고 멋진 실내복으로 갈아입고서 한껏 멋을 부린 차림으로 의기양양한 연인처럼 행동했다면, 파니는 즉각 그를 쫓아냈을 터였다. 그녀는 머리맡의 불을 켜고 맞은편 창가 근처에 못 박힌 듯 서 있는 흐트러진 모습의 그를 바라보았다. 그는 그녀의 침대가 아니라 창문으로 뛰어 들 준비가 된 것처럼 보였다.

"뤼도빅······." 필립의 방이 바로 두 칸 건너에 있었다. 아마도 방문을 열어 놓고 자는 듯 코 고는 소리가 요란했는데 그럼에도 그녀는 본능적으로 목소리를 낮춰 속삭였다. 지난날 그토록 낭만적이었던 필립은 이제 무슨 기계음처럼 요란하게 코를 골며 자고 있었다.

뤼도빅은 그날 낮에 입었던 구겨진 셔츠 위에 털이 북실북실한 밤색 모헤어 스웨터 차림이었다. '그가 좋아하는 스웨터군.' 파니는 생각했다. 그녀는 그에 대해 자신이 그런 것까지 알고 있다는 사실에 놀랐다. 사실 밤색 스웨터, 연홍색 셔츠, 줄무늬 벨벳 바지, 거의 새것인 모카신을 신은 뤼도빅의 모습은 그녀의 머릿속에 있는 그의 이미지에 부합했다. 그녀는 그에게 앉으라고 손짓했다.

"지금 새벽 4시야, 뤼도빅. 옷도 갈아입지 않고······ 잠도 안 잔 거야?"

그녀는 그 질문을 그저 무심한 어조로 던지려 했으나, 빠르고 경쾌하게 시작한 말이 점차 느려졌다. 뤼도빅은 자기 아버지를 연상시키는 거의 거칠기까지 한 손짓으로 그녀의 말을 막았다.

"여기 온 건 내가 당신 심기를 거슬렀거나 충격을 준 것 같은데, 의도적으로 그런 게 아니라는 말을 하기 위해섭니다. 오늘 아침부터 당신을 살펴보았는데…… 당신의 눈빛과 목소리가 낯설기만 했어요. 그래서 난 몹시 불행해요. 그뿐입니다."

그는 말을 마치며 고개를 들고 그녀를 뚫어지게 바라보았다.

"당신 역시 나를 사랑할 거라는 생각은 안 해요. 아직은요. 하지만 나를 좋아하긴 하잖아요. 우린 서로를 마음에 들어 해요……."

"그건 사실이야." 그녀가 말했다.

그녀의 발치에 반쯤 길게 누운 그의 모습은 사실 매혹적이었다.

"그동안 내가 사랑한 사람은 남편 캉탱뿐이었어." 파니가 말했다. "다른 무엇보다도 그가 나를 보호해 줘서 나는 세상으로부터, 사람들로부터 안전할 수 있었지…… 이제 난 혼자 살아. 돈도 그리 많이 벌지 못해. 하지만 돈보다 더 필요한 건 보호받는 느낌이야. 무슨 말인지 알아?"

그가 고개를 끄덕였다. 그가 그녀에게서 눈을 떼지 않았지만 그녀는 전혀 불편하게 여겨지지 않았다.

"하지만 지금 보호를 받아야 할 사람은 바로 너잖아. 이 사람들로부터 보호받아야 할 사람은 바로 너라고……." 그녀는 주변을 가리켰다. "이들은 네게 온갖 짓을 해, 너를 비웃고 무시하고 모욕을 주지, 매일같이 네게 용서를 구해도 부족할 텐데 말이야…… 그 누구보다도 내 딸이 그래…… 아무튼 내게 필요한 건 아들도 아니고 돌봐 줘야 할 연인도 아니야."

뤼도빅이 일어나서 창가로 갔다.

"당신 말이 맞아요." 그가 억눌린 듯한 목소리로 말했다. "난 사람들이 두려워요. 사람들을 보면 겁이 나요. 그들이 나를 다시 거기 입원시켜 버리면 어떻게 해요? 마리로르 말이 전화 한 통화면 충분하다더군요…… 게다가 그곳에 들어가면 외부에 있는 사람 중에 내가 아는 사람은 그들뿐이에요. 그들만이 그곳으로 나를 보러 와

주고 그곳에서 나오게 해 줄 수 있다고요. 무슨 말인지 아시겠어요? 아버지, 내 아내, 새어머니…… 그들이 없었다면, 나는 지금도 거기 있었을 거예요."

침묵이 흘렀다. 파니가 몸을 일으켰다.

"의사들이 널 퇴원시켜도 된다고 했잖아." 그녀가 분개한 어조로 반박했다.

그 순간 파니 안에서 무엇인가가 깨어져 나갔다. 그녀는 더듬거리며 "뤼도빅." 하고 불렀는데, 다가오라는 몸짓을 곁들였음이 분명했다. 왜냐하면 다음 순간 그가 그녀의 품에 안겨 있었던 것이다. 그는 눈물방울이 맺힌 그녀의 두 눈에 입맞춤을 하고 사람들이 자신에게 저지른 일에 대해 아무렇지 않다고 그녀를 오히려 위로했다. 하지만 정작 파니로서는 그 일들을 참을 수 없었다.

"오, 가엾어라……." 이제 그녀는 애정에 찬 어조로 그렇게 말하고 있었다. 처음에는 부드럽게 움직이던 뤼도빅의 입맞춤과 손길이 이윽고 격하고 서두르는 것으로 변해갔다.

스탠드가 꺼졌다. 여자는 열에 들뜬 듯한 남자의 몸에서 스웨터를 벗겨 냈고, 남자는 셔츠와 바지와 양말을 차례로 벗어 던졌다. 그는 눈물 가득한 눈으로 사랑의 말을 중얼거리며 여자의 입에 자신의 입술을 갖다 댔다. 두 육체가 서로에게 달려드는 소리, 두 개의 나뭇잎, 두 장의 책장이 부딪는 소리…… 밝아 오는 빛과 더불어 바람이 점점 거세졌다.

11

 집에 돌아온 앙리 크레송은 집안사람들, 심지어 아내의 눈에도 띄고 싶지 않아 전용 욕실로 바로 통하는 복도에 면한 작은 문을 열었다. 코냑을 여러 잔 마셔서 좀 취하긴 했지만, 어쨌든 조심스럽게 발끝으로 걸어 자기 방으로 들어왔다. 배려에서인지 의무에서인지 조금 열어 놓은 두 방 사이의 문을 통해 아내의 숨소리가 들려왔다. 상드라는 코 고는 소리와 휘파람 소리를 번갈아 내며 자고 있었다. 그 태평하고 건강한 소리를 들으며 앙리는 벌써 가슴이 아프고 수치심으로 마음이 약해지는 것을 느꼈다.

 그는 전용 서재로 갔다. 무척 현대적인 곳이었지만, 세공 가구와 비밀 공간에 열광했던 할아버지 앙투안 크레송이 비밀 공간을 설치해 놓은 가구들이 많았다. 어떤 서랍 위를 누르는 동시에 밀면서 책상 다리를 힘주어 치면 숨어 있던 세 번째 서랍이 열리는 식이었다. 그 서랍 안에 유언장이 안전하게 들어 있었다. 사본은 파리의 '로콘 에 로콘 피스' 공증인 사무소에 보관해 두었다. 앙리 크레송은 유언장을 침대 위에 꺼내 놓은 다음 옷을 벗고 내용을 새로 쓰기 시작했다.

●

다음 날 파니는 볼일을 보기 위해 외출했다. 그녀가 간 곳은 투르가 아니라 오를레앙이었다. 그곳에서라면 그녀가 누군지 알아볼 사람이 거의 없을 터였다. 그녀는 『사회적 소외』, 『정신의 법칙과 질병』 등 책 몇 권을 사서 카페에 앉았다. 책을 대충 읽은 다음 라 크레소나드로 돌아왔다. 집에 돌아온 그녀는 몇몇 부분에 밑줄을 그은 책들을 뤼도빅의 침대 위에 올려놓았다. 뤼도빅의 방으로 가는 길에 딸의 방을 지나간 그녀는 그 안락함과 사치스러움에 놀랐다. 결혼 전 파리의 집에 있던 방과는 딴판으로 세련되게 치장되어 있었다. 그에 비해 그보다 아래쪽에 있는 뤼도빅의 방은 예전에 그가 그곳에서 지냈었고 지금도 지내고 있음에도 마치 군인의 방처럼 사람의 온기가 느껴지지 않았다. 파니는 딸이 뤼도빅에 대해 이야기할 때 쓰는 어조를 떠올렸다. 어쨌든 함께 자고 함께 살아온 사람, 법적으로는 여전히 남편인 뤼도빅을 마리로르는 아무 가치 없는 물건처럼 취급했지만, 파니 자신은 새 연인의 매력을 알고 있었다.

오를레앙에서 옛 친구와 점심 약속이 있다는 구실을 대고 파니가 외출하자 집안 식구들은 의심 섞인 호기심을 느꼈다. 필립은 원래 도처에서 거짓말을 찾아내는 데 익숙했고, 뤼도빅은 파니가 집에 없어서 속상한 데다 어떤 종류든 간에 파니가 거짓말을 한다면 크게 상처를 입을 터였고, 앙리로서는 그녀가 투르보다 더 먼 곳까지 가서 볼일이 있다는 것이 믿기지 않았다.

파니가 집에 없는 동안 뤼도빅은 오후 2시에 그녀의 방으로 가서 곧장 침대로 갔다. 침대 시트가 잡아당겨진 채 흐트러져 있었다. 시트를 젖히자 아랫쪽 시트가 주름지고 구겨져 있는 것이 보였다. 그들이 긴 밤을 보낸 흔적이었다. 덧문이 열려 있었고 파니의 옷가지가 방 여기저기에 흩어져 있었다. 욕실에는 그녀의 가운이 놓여 있었다. 뤼도빅은 그 가운이 자신을 기다리고 있었던 것처럼 여겨졌다. 구겨진 채 의자에 걸쳐져 있는 그 긴 연분홍 가운처럼 그를 기다려 주는 것은 과거에도 없었고 앞으로도 그럴 것 같았다. 그는 가운을 들어 뺨에 가져다 댔다가 거기에 얼굴을 묻었다.

순간 뒤에서 들려오는 기침 소리에 그는 정말이지 깜짝 놀랐다. 뒤를 돌아보자 마르탱이 서 있었다. 마르탱은 언제나처럼 철벽같은 태도를 취하고 있었다. 그 태도는 보는 관점에 따라 우둔해 보인다고도 할 수 있었다. 두 사람은 서로 알고 지낸 지 오래되었지만 별반 대화가 없었다. 그럼에도 이상하게 뤼도빅은 집사를 좋아했고 다른 가족들과는 달리 자신에게 악의를 품지 않은 존재라고 생각했다. 그들은 잠시 서로를 바라보았다. 이윽고 뤼도빅은 자신이 그 정도로 심하게 동요한 것, 은연중 '죄책감'을 드러낸 것에 대해 스스로를 원망했지만 이미 엎질러진 물이었다. 그는 파니의 가운을 의자에 천천히 내려놓았다.

"옷감이 참 좋네요." 그는 같은 옷감으로 만든 가운을 갖고 싶다는 듯 아쉬워하며 말했다.

마르탱의 당황한 얼굴을 보고 그 역시 같은 생각을 했다는 것을 알고 뤼도빅은 긴장을 풀고 웃음을 터뜨렸다. 그는 가운을 집어 들어 마르탱의 몸에 대 보았다. 대머리에다 엄숙한 태도를 한 마르탱의 모습이 거울에 비쳤다. 몹시 흥미로운 광경이었다. 감정을 억제한 채 잠깐 거울을 들여다본 마르탱은 '꿈의 가운'을 뤼도빅의 손에 돌려주었다.

"아주 잘 어울릴 것 같습니다." 그가 놀란 기색으로 뤼도빅에게 말했다.

그제서야 뤼도빅은 새어머니가 가까이에 있음을 알려주는, 특유의 강하고 복잡한 향수 냄새를 맡을 수 있었다. 새어머니가 있는 곳에서는 언제나「아이다」의 트럼펫 소리처럼 요란한 향수 냄새가 났다. 아니나 다를까 상드라가 주름 잡힌 당초무늬 가운 차림으로 문턱에 서서 비난하는 듯한 표정으로 그들을 바라보고 있었다. 뒤에는 뚱뚱한 몸매의 주간 간호사가 서 있었다.

"두 사람 중 누가 그 파스텔 색깔을 좋아하는 거지? 파티 때 그 색깔 옷을 입으려고?" 상드라가 웃음기 없는 얼굴로 물었다.

뤼도빅과 마르탱이 동시에 그녀를 안심시켰다.

"이런, 그런 생각을 하는 사람은 아무도 없어요……. 그냥 장난이에요! 세례식 때 이 색깔의 옷을 입은 마르탱의 모습이 무척 귀여웠을 거라는 이야기를 하고 있었어요. 천진한 태도를 보면 지금도 귀엽지만요……."

뤼도빅이 당황한 목소리로 설명하자 상드라는 재빨리 집사를 힐긋 바라보았다. 자신이 아는 한 그 고집스런 집사의 얼굴에 귀여운 표정이 떠오른 적이 없다는 사실을 확인이라도 하려는 듯이.

"어쨌든 세례식 때 마르탱은 파란색 옷을 입었을걸. 철이 들었는지 아닌지는 모르지만 언제나 아이 같긴 하지. 좋아……." 상드라는 한숨을 내쉬며 뤼도빅 쪽으로 몸을 돌렸다. "네 어머니는 외출하셨나 보지?" 그녀가 물었다.

"제 어머니요?" 그가 놀라며 반문했다. 그가 생각하는 살아 있는 어머니는 지금 그의 앞에 서 있는 상드라뿐이었던 것이다.

"그래, 네 어머니! 내가 아니라 파니, 그러니까 네 아내 마리로르의 어머니 말이다……."

"아, 장모님 말씀이군요…… 물론 그분도 어머니시죠." 뤼도빅이 미소를 지었다.

마르탱에게 떠밀린 그는 욕실에서 나가려 애썼지만 상드라가 문턱에 서서 두 사람을 막고 있었다.

사흘 전보다 나아지긴 했지만 여전히 뻘건 그녀의 얼굴은 인상파 그림보다는 야수파 그림 속 인물에 더 가까워 보였다.

"파니, 물론 그렇죠…… 파니. 이상해요, 전 한 번도 파니를 가족 관계 속에서 생각해 본 적이 없어요." 뤼도빅이 말했다.

"실례합니다, 부인." 문가에 이른 집사가 끼어들었다. 그들의 대화에서 분명치는 않지만 뭔가 위험을 감지했던 것이다.

"바빠서 가봐야겠다는 거지, 마르탱? 이 분홍색 가

운을 가지고 뭘 하고 있었는지 두 사람 중 누구도 내게 설명해 주지 않으려는 모양이지? 할 수 없지! 그런데 이 방은 정말 넓어 보이네······." 그녀는 비난하는 듯한 기색으로 고개를 내저으며 결론짓듯 말했다. "파니가 살고 있는 파리 집은 가엾게도 전체가 100제곱미터도 안 된다더군. 그런데 이제 내가 제공한 온갖 가구가 갖춰진 이 방에서 지내고 있다니! 요컨대······."

12

 하늘이 희끄무레한 푸른색이었다가 이튿날은 코트다쥐르처럼 짙푸른색으로 바뀌었다. 상드라의 안색은 이제 날고기라기보다는 연거푸 따귀를 맞은 사람처럼 시퍼런 색으로 바뀌었다. 그런대로 붉은 기운이 덜해진 자신의 옆모습을 보고 기운을 얻은 그녀는 그날 오후 자기 방으로 파니와 마리로르를 불러 브리지 게임을 하겠다고 말했다. 그 집안 남자들은 브리지 게임을 몹시 싫어했다. 게임 같은 것을 잘하지 못하는 파니와 마리로르로서는 몇 년 만에 처음 해 보는 브리지 게임이었다. 게임의 네 번째 참가자는 문제의 왕녀였다.

 사람들은 그녀를 드 부아요 부인이라고 불렀다. "드 부아요는 그녀가 루이 16세의 작은 숙부에게서 받은 성이야."라고 상드라가 말했다. "그 성 덕분에 그녀는 기요틴의 칼날을 피할 수 있었지."

뤼도빅은 그날 야외로 산책을 나갈 계획이었는데 이제 파니를 데려갈 수 없게 되었다. 세 여자가 상드라의 침대 주위에 자리를 잡고 브리지 게임을 시작했다. 상드라는 베개를 잔뜩 괴어 놓고 침대에 앉아 있었으므로 어쩔 수 없이 다른 사람들과 비스듬히 마주 볼 수밖에 없었다. 뤼도빅은 마음을 가라앉히기 위해 바로 근처에서 벽에 대고 공을 치며 테니스 연습을 하고 있었다. 그러다가 공 하나가 잘못 날아가 상드라의 방 창문과 그녀가 애지중지하는 도기 조각상을 깨뜨리고 말았다. 상드라와, 그 때문에 머리가 헝클어진 왕녀가 욕설을 내뱉었다. 마리 로르가 뤼도빅을 비난했지만 파니의 눈에는 웃음이 떠올라 있었다. 뤼도빅은 그것을 보고 위로를 받고 숲으로 산책을 나섰다. 그동안 앙리는 줄곧 낮잠을 자고 있었다.

이후 브리지 게임은 별다른 사고 없이 진행되었다. 왕녀 입장에서는 밤낮으로 해 온 게임이었다. 그녀는 게임에 참여해 돈을 잔뜩 따서는 남편 소유의 멋진 별장인 빌라부아로 돌아가곤 했다. 그녀는 그곳을 진짜 왕녀가 되기 전 마지막으로 머물 곳으로 여겼다. 상황이 그러했으므로 그녀는 게임에 서투른 두 파리내기들에게서 쉽사리 돈을 따서 스위스인 경비원의 급료를 지불할 수 있으리라고 여겼다. 마리로르와 파니가 한편이었고, 상드라와 왕녀가 한편이었다. 하지만 두 시간에 걸친 게임에서 파니는 예상 밖으로 멋진 승리, 결정적인 승리를 따냈다. 몹시 약이 오른 왕족 여인은 어떻게든 상황을 수습해 보려 했으나 헛일이었다.

저녁 8시경 상드라가 나직하게 무어라 중얼거리자, 마리로르가 유쾌한 태도로 어머니와 자신이 얼마나 땄는지 계산했다.

"세상에, 이 게임 정말 굉장하군요! 행운의 부인 덕

택에 파리 집 집세 석 달 치가 생겼네요." 파니가 조금 전 자신이 거둔 눈부신 승리를 암시하며 말했다.

왕녀는 남의 집에 와 크게 돈을 잃고 실망해 토라진 듯했다. 그녀는 계산을 하고 작별 인사를 한 다음 이내 돌아갔다.

"왕후 대관식이 열린다 해도 우리가 저분 시녀로 초대받지는 못하겠네요." 파니가 농담했다.

"이 어이없는 게임에서 돈을 딴 사람은 내가 아닌걸요." 상드라가 말했다.

"맞는 말씀이에요. 그런데 1만 프랑이나 되는군요." 잃은 돈을 내기를 망설이는 시어머니를 마리로르가 분명한 말로 몰아세웠다.

상드라는 돈을 내지 않을 수 없었다. 이윽고 마리로르가 덧붙였다.

"고맙습니다, 어머니, 게임에 초대해 주셔서요. 정말 즐거웠어요."

"넌 게임에서는 운이 좋고, 사랑에서는 운이 나쁘구나." 상드라가 이를 악물며 음흉스럽게 말했다.

이 말에 뤼도빅의 두번째 '어머니'는 참지 못하고 웃음을 터뜨렸다. 나머지 두 사람은 그녀가 웃는 이유를 알 수 없었다. 파니는 서둘러 상드라의 방을 나와 층계를 내달려 자기 방으로 돌아갔다.

●

종을 눌러 놓고 소리가 채 울리기도 전에 뤼도빅은 조급하게 그녀의 방문을 두드렸다. 그의 방에 갖다 놓은, 당연히 읽어야 할 그 책들이 상당히 지루했던 모양이었다. 사람들이 자신에게 어떤 잘못을 저지르고 있는지를 나서서 지적해야 한다는 사실이 부담스러운 듯했다. 파니는 한순간 완전히 낙심했다. 캉탱의 보호하에서 평생을 살아온 그녀는 그가 죽은 후 자신을 홀로 책임져야 하는 현실을 힘들게 받아들였다. 거기에다 다 큰 청년의 권리까지 방어해야 하는 상황이 닥칠 줄은 생각하지 못했다. 언젠가 그는 반드시 스스로의 권리를 방어해야 할 터였다. 이 일가의 머릿속에는 그 무엇보다 지독한 위협이 자리 잡고 있었다. 어떤 구실인가를 붙여 그를 전과 같은 권태와 침묵의 지옥으로 보내 버리겠다는 위협이었다. 그가 곧 다가올 파티를 떠올리게 하는 모든 주제를 피하고 그런 말이 나올 때마다 딴전을 피우는 것은 바로 그 때문이었다. 자신을 제멋대로 판단할 만반의 태세를 갖추고 그 파티에 올 수많은 초대객을 생각하면 그는 겁에 질리지 않을 수 없었다. 요컨대 상드라가 그를 괴롭히려고 세워 놓은 계략이 어떤 것이든간에 수많은 낯선 초대객들은 그것을 지지할 준비가 되어 있을 터였다. 언제나 무심한 아버지의 태도 역시 그를 불안하게 했다.

파니는, 혹시 상드라가 얼굴 상태가 나아져 사람들 앞에 나설 수 있게 된다 해도, 자리를 떨치고 일어나 자신이 그 일을 하지 않아도 된다 해도, 이 어이없고 무책임하고 무력한 젊은 연인을 보호해야 하는 의무로부터 벗어날 수 없으리라는 것을 가슴 아프게 인식했다. 뤼도빅을 행동하게 만드는 유일한 에너지는 그녀에 대한 열정이었다. 그런데도 삼십 대인 그가 미숙한 아이처럼 그 열정을 감춰야 하다니. 괜찮은 여자 파니, 흠잡을 데 없는 여자 파니가 믿어지지 않는 부르주아식 드라마 한가운데서 갑자기 죄인이 되어 모든 것을 책임져야 하다니.

그녀는 우울한 생각을 털어 버리고 왕녀와의 브리지 게임에 대한 이야기를 뤼도빅에게 들려주기 시작했다. 뤼도빅이 즐거워하며 웃음을 터뜨리자 그녀 역시 소리 내어 웃었다. 그녀는 그렇게 금방 웃을 수 있는 자신이 원망스러웠다. 자신의 감정이 얼마나 지속될지 얼마나 진지한지 확신할 수 없었다. 그녀는 여전히 이리저리 갈팡질팡 흔들리고 있었다. 유일하게 분명한 감정은 행복하다는 것뿐이었다. "그게 바로 당신의 매력이야." 캉탱은 말하곤 했다.

그녀는 연인의 아버지이자 저택의 주인, 곧 그 '비상하는 독수리'에게 자신이 엄청난 열정을 불러일으켰다는 것, 몇 주에 걸쳐 의무를 수행하는 동안 자신이 '팜파탈(치명적인 여자)'이 되었다는 것을 아직 모르고 있었다. 이런 일이 파리가 아니라 투르에서 일어난 것을 보면 그녀가 이제까지 새 인연을 만나지 못한 것이 비현실적으로 여겨졌다. 하지만 그녀가 알기로 그것을 모순으로 보는 것은 완전히 잘못이었다.

파니와 뤼도빅은 저녁 식사 자리에 제일 늦게 나타났다. 두 사람은 장난을 치면서 층계를 내려왔는데, 뤼도빅은 파니를 보호하는 것이 자기 책임이라는 듯 손으로 그녀의 팔꿈치를 받쳐 주고 있었다. 식사 시간에 늦었으면서도 태평한 그들의 모습에 식탁에 앉은 사람들이, 미안해해야 마땅하지 않느냐고 말하는 듯한 힐난의 눈길을 던졌다. 파니는 한순간 요란하게 소리를 내서 웃었는데, 그것은 사실 식탁 앞에서는 부적절한 행동이었다. 게다가 뤼도빅의 의자 아래에는 가나슈라는 이름의 개가 사람 눈을 피해 몸을 길게 펴고 앉아 있었다.

"두 사람이 제일 늦었군!" 어쨌든 파니에 대한 예의로 몸을 일으키며 앙리가 딱딱거렸다. "필립, 자네 누이, 그러니까 상드라 말일세. 얼굴의 홍조가 오늘은 좀 나아졌나?"

"부인의 얼굴은 이제 전혀 빨갛지 않아요." 파니가 분명한 어조로 말했다. "오히려 창백하죠, 심지어 좀 푸르스름하기까지 해요. 이러다가 내일……."

그녀의 귀에 부드럽게 말을 잇는 뤼도빅의 목소리가 들려왔다. 그 내용에 그녀는 놀라지 않을 수 없었다.

"……내일도 당신이 제 아내와 딱한 왕녀의 파렴치한 속임수에도 불구하고 게임에서 이긴다면, 새어머니께선 젊음을 되찾을지도 모르죠……."

"사실 이 집에서 적용하는 게임 규칙이 제가 보기에 좀 문제가 있어요." 필립이 한마디했다. "아, 제 나름대로 근거가 있어서 하는 말입니다. 젊은 시절 잭 워너와 밤새도록 포커를 친 적이 있는데요. 영화의 황제이자 할리우드의 포커꾼 말입니다. 그 얘기 했던가요?"

그런 다음 그는 대답을 기다리지도 않고 말을 이었다. 요컨대 그는 사람들이 못 들었다고 대답하리라는 것을 이미 알고 있었다. 그가 즉석에서 꾸며 낸 이야기였던 것이다.

"할리우드의 세 황제, 세 마리 상어라 불리는 그들은 자기들 중 하나가 나를 탈탈 털어서 내 돈을 마지막 1달러까지 따낸 다음에야 내가 자기네와 함께 어울리는 걸 받아들였지요. 당시 할리우드에서 나는 신경에 몹시 거슬리는 존재였어요." 그가 킬킬거리며 웃기 시작했다. "배역을 찾는 대신에 아름답지만 무일푼인 어떤 여자에게 푹 빠져 있었죠, 내겐 돈이 있었거든요. 간단히 말해서……."

이 '간단히 말해서'는 그에게는 일종의 허사였다. 그런데 다시 시작되려는 필립의 이야기는 가나슈 때문에 중단되고 말았다. 뤼도빅이 지루함을 참지 못하고 열 번째로 다리를 바꿔 꼬다가 가나슈를 걷어찼던 것이다. 개가 깨갱거리며 비명을 지르는 소리에 필립의 무용담이 중단되었다. 모두들 어안이 벙벙했다. 앙리 크레송이 뜻밖의 반응을 보였다.

"오, 이 개 멋진걸. 넌 어디서 왔니? 내가 모르는 사이에 우리 집에 입양되기라도 한 거니? 그거 탁월한 선택이다. 이곳은 무척 살기 좋은 집이죠, 안 그래요, 파니?" 그가 유혹적인 미소를 띠면서 물었다. 그 미소에 그녀는 몸이 얼어붙는 것 같았다.

"여긴 네가 찾을 수 있는 최고의 집이란다." 파니가 개를 어루만지며 대답했다. 기분이 좋아진 개가 그곳에 모인 사람들에게 스스로를 소개라도 하는 것처럼 종종걸음을 치며 식탁을 빙 돌았다.

개는 필립과 마리로르가 자신에게 무관심하다는 걸 냄새로 알아채기라도 한 것처럼 용의주도하게 두 사람을 피해 저택 주인의 발치에서 오래 머물렀다. 사실 그것은 똑똑한 행동이었다. 앙리는 조금 전 필립의 지루한 이야기를 피하게 해 준 게 고마워 개를 칭찬했지만 자신이 한 말을 돌이켜 생각해 보자 벌써 상드라의 비명과 불평이 귓가에 들리는 듯했던 것이다. 개를 키운다고 하면 상드라는 1톤에 달하는 실내 장식품들이 망가질까 봐 전전긍긍할 터였다.

'하지만 난 곧 이혼할 텐데 뭘. 그리고 파니는 개를 무척 좋아하는 것 같아. 굉장한 여성이야! 아, 정말 굉장한 여성이야!'

그는 개를 바라보았다. 상드라가 어떤 반응을 보일까를 걱정하던 그는, 개의 눈빛에 즐거움과 애정의 빛이 떠오르는 것을 보고 기분이 좋아졌다. 아, 이 녀석이 이 집에서 의지할 사람이 누가 있겠나. 그는 생각했다. 자신의 처지도 마찬가지라는 생각이 들자 그답지 않게 두 눈에 눈물이 차올랐다.

"착한 녀석 같으니라고⋯⋯." 그는 눈물을 감추기 위해 개 쪽으로 몸을 굽히며 말했다. "네 이름이 뭐냐? 마르탱, 이 개 이름이 뭔가?" 그가 불쑥 몸을 일으키며 평소처럼 심술궂은 목소리로 고함치듯 물었다. "개 이름 말이야. 이름도 모르는 개를 내 지붕 밑에 들여놓았단 말은 하지 말게!"

"가나슈입니다, 크레송 씨." 마르탱이 냉정한 어조로 대답했다.

이 엄숙한 소개말을 듣고 파니가 참을 수 없다는 듯 웃음을 터뜨렸다. 그녀는 자리에 앉을 때부터 웃음을 참고 있었던 것 같았다. 라 크레소나드의 생경하고 괴상한 거실에 그녀의 웃음소리가 울려 퍼졌다. 중세 시대였다면 그 신성 모독적인 웃음에 라 크레소나드는 헐리고 말았으리라.

마르탱은 음식을 훔쳐 먹기나 하는 더러운 개에게 감동한 집주인을 보고 충격을 받고 주방을 향해 걷기 시작했다. 이 저택에서 일한 후 처음으로 상드라에게 고마운 마음이 들었다. 그녀라면 가나슈를 집 밖으로 내쫓아 줄 터였다.

그가 상드라의 장점을 제대로 짚어 보기도 전에 그를 부르는 앙리 크레송의 강압적인 목소리가 들려왔다. 마르탱은 무슨 만화 영화의 장면에서처럼 후식 쟁반을 손에 든 채 즉각 식당으로 되돌아갔다. 식탁에 둘러앉은 사람들은 피곤해 보였다. 저항하기 어려운, 전염성 강한 파니의 웃음이 모두의 긴장을 풀어 주긴 했지만, 앙리 크레송조차 지쳐 있었다. '독수리' 앙리는 그가 이혼하고 파니와 재혼할 거라는 소식을 그날 밤 파니에게 알려 줄 기분도 아니었고 그럴 에너지도 없었다.

그는 한낱 개를 보고 자신이 그토록 마음이 약해졌

다는 사실에 당혹스러웠다. 또한 갑작스러운 피로와 깨진 유리창, 날카로워진 신경, 왕녀와의 브리지 게임, 개의 출현, 워너와의 포커에 대한 필립의 이야기 같은 것도 짜증스러웠다. 결론을 듣지 못했으므로 사람들은 필립이 할리우드의 게임판에서 거둔 승리를 축하해 주는 것을 잊어버렸다. 모두들 지쳐 보였다.

앙리는 시가에 불을 붙이며 그것이 그날 마지막으로 피우는 담배일 것이라고 생각했다. 필립은 담배를 피우지 않았고, 뤼도빅은 마지막에 머물던 요양원에서 좀 괴상한 궐련을 가져왔다. 그곳 환자들만 피우는 것임이 분명한 그 담배에서는 유칼립투스와 마멀레이드 맛이 났다. 어쩌다가 그 담배를 맛본 사람들은 그것을 끝까지 피우기는 했지만 다시 집으려 들지는 않았다.

그래, 파니에게 그녀의 미래를 알려 주는 건 내일로 미루자. 그는 파니의 손에 입맞춤을 하고는 귀에 대고 속삭였다. "나만 믿어요." 사교계에 익숙한 파니도 이 말에는 놀란 것 같았다.

"좋은 저녁 되기를." 앙리가 모두에게 말했다. "아, 참, 잊고 있었군. 네가 네 어머니 방의 창문을 깼다며?" 그가 뤼도빅에게 물었다.

"하마터면 공이 왕후마마의 옥체를 두 동강 낼 뻔했답니다. 그분을 부인 곁에 눕혀 드려야 했을지도 몰라요. 그랬다면 붉은색과 흰색의 대조가 참······." 파니가 웃으며 말했다.

"그런데 내가 그랬다고 고자질한 사람이 누구죠?' 뤼도빅이 갑자기 미간을 찌푸리며 물었다.

마르탱이 엄숙한 태도로 필립의 얼굴을 뚫어져라 바라보았다.

"난 자고 있었는데요." 필립이 오만한 태도로 부인했다.

"그렇다면 누구죠?" 뤼도빅이 다시 물었다.

마리로르의 얼굴이 분노와 수치로 붉어졌다. 그녀

는 중학교 때부터 이미 고자질을 잘했고, 시프렌 고등학교에서도 고자질 사건 때문에 동급생들에게 창피를 당한 적이 있었다.

"투르 교향악단 말인데요." 하고 파니가 재빨리 끼어들었다. "파티 때 와서 연주해 달라고 하는 게 좋을 것 같아요."

앙리가 어깨를 으쓱 올렸다.

"그 정도로 되겠습니까? 내 능력이면 할리우드나 라스베이거스에서 요즘 잘 나가는 뮤지션을 불러올 수도 있어요. 게다가 필립의 연줄도 있고요."

"이번 파티에는 투르 교향악단이 잘 어울릴 것 같은데요. 전 어제도 공연에 갔었어요." 뤼도빅이 말했다

"공장에 그들을 부른 적이 있어. 회의실에서 연주했는데 잘 어울리고 좋았어. 앙코르도 많이 했지." 앙리가 천둥이라도 치는 것처럼 큰 소리로 말했다.

"앙코르 연주를 너무 많이 하게 되면 거실에 있는

밀로의 비너스상이 쓰러질까 봐 걱정이에요." 파니가 미소를 지으며 말했다. "그 조각상은 바람만 좀 세게 불어도 흔들려요. 초대객들에게 위험할 듯해요. 게다가 팔을 달아놔서 더 균형을 못 잡는 것 같아요."

'그녀는 모든 걸 다 걱정하는군.' 앙리가 애정에 찬 마음으로 생각했다.

"무슨 팔을 달아 놓았다고 그러세요?" 마리로르가 신경질적으로 말했다.

"그 여인상 원본에는 가엾게도 팔이 없잖아요. 그거 몰랐어요?" 필립이 신나는 기색으로 물었다.

마리로르가 일어섰다.

"아뇨, 나도 알고 있었어요. 나에게 모든 걸 가르치려고 들지 말아요, 필립."

파니와 모인 사람들이 차례로 웃어 주었음에도 불구하고 마리로르는 자리를 박차고 식당에서 나가 버렸다. 그녀는 자신의 교양이 부족하다는 것을 알고 있는 만큼 그런 일에 지나치게 민감했다.

"네 아내가 보기 좋게 당한 것 같구나." 앙리가 아들에게 말했다. 그런 다음 개에게 말했다. "자, 이제 가자. 네가 나 아닌 사람과는 상드라의 방을 무사히 지나갈 수 없을 거다."

'곧 이혼한다니 얼마나 다행인지.' 그가 생각했다. 그는 가나슈를 데리고 층계를 올랐다.

가나슈는 부드럽고 좋은 향기가 나는 파니나 뤼도빅을 따라가고 싶은 듯했다. 하지만 앙리는 권위 있고 위협적인 태도로 비 맞는 개를 끌고 가듯 가나슈를 데려갔다.

뤼도빅과 파니는 둘만 남게 되자 잠시 후 설명할 수 없는 이유로 둘 다 배를 잡고 웃기 시작했다. 그들은 정원으로 나와 가장 안쪽에 있는 벤치에 앉았다. 잠시 후 그들이 조금 마음을 가라앉혔을 때 필립이 다가왔다. 세 사람은 함께 앙리의 방에 불이 꺼지는 것을 바라보았다. 다음 순간 상드라의 방에 불이 켜졌다. 어둠 속에 서서 세 사람은 만족과 기쁨과 매혹에 차서 그 장면을 바라보았다. 삶이 원래의 모습을 되찾았다. 그들은 짓궂으면서도 따뜻한 눈길을 교환했다. 필립의 눈에는 거의 유쾌한 빛이 떠올라 있었다.

"누이가 혹시 저 개를 발견하기라도 하면……." 그가 중얼거렸다.

13

바로 그 순간 개 짖는 소리가 커다랗게 울려 퍼졌다. 기분이 몹시 좋아진 가나슈가 어둠 속에서 처음으로 제대로 짖은 것이다. 세 사람은 웃음을 터뜨렸다. 그들의 웃음소리가 어찌나 크게 울렸던지 이웃집 개들이 그 소리에 응답해 짖기 시작했다. 개 짖는 소리에 이어 분노에 찬 여자의 고함 소리가 터져 나왔다. 이렇게 긴장이 풀어진 순간, 필립은 뤼도빅이 한쪽 손을 파니의 허리에 올려놓은 것을 보았다. 그러니까 가나슈가 짖는 소리가 저택에 처음으로 울려 퍼지는 순간, 필립은 사태의 전말을 알아차렸다.

뤼도빅과 파니가 보통 사이가 아닐 거라는 필립의 직관은 머리 좋은 사람의 논리적인 추론이 아닌 만큼 더

더욱 단정적이었다. 얽히고설킨 복잡한 상황을 좋아하는 그는 그들의 관계가 어떤 것인지 어렵지 않게 짐작했다. 기쁨의 순간 파니의 허리를 더듬는 뤼도빅의 손은 필립이 보기에 그 어떤 증거보다 더 명백하게 그들의 은밀한 관계를 확인해 주었다. 군중이든 대중이든 사회든 간에 대상에 대한 짐작이 애매하면 할수록 사람들은 더더욱 그것을 믿는 경향이 있다. 어떤 예측이 평소 인상이나 환상과 부합하지 않는 경우 그것을 믿는 마음이 더 강해지는 것이다. 눈부신 태양 아래서의 입맞춤은 장난처럼 보일 수 있지만, 어둠 속에서 속삭인 세 마디 말은 그렇지 않다. 텔레비전이나 영화에서 사람들이 은밀한 기쁨을 느낄 때는 어떤 장면을 실제로 볼 때가 아니라 상상할 때다. 실제 삶에서 사람들은 어떤 일을 자연스럽게 알게 되거나 이해하게 되는 것보다는 뜻밖에 목격하는 것을 더 좋아한다. 가짜 인상을 진짜 인상보다 훨씬 더 예리하게 느끼는 경우는 수없이 많다. 어떤 일을 목격하고 그 일이 설마 사실일 리가 없다고 생각되면, 그 믿어지지 않는다는 사실 자체가 그 일을 더더욱 믿고 싶게 만든다.

필립의 눈빛을 보고 파니는 그가 자신을 경멸하는 동시에 감탄하고 있음을 알 수 있었다. 어쨌든 그녀는 이제 필립이 자신과 뤼도빅을 영원히 한데 묶어서 생각하리라는 것, 자신은 그것을 반박할 수도 없고 화를 낼 수도 없음을 깨달았다. 하늘이 한순간 환하게 빛났다가 이내 어두워졌다. 들판 전체가 그들을 속이고 밀고하고 비판하는 것 같았다.

진실은 거기, 뤼도빅의 트위드 재킷과 그녀의 실크 드레스 사이에 있었다. 실제로 마주치지 않아도 그들의 시선 사이에는 성적인 긴장이 감돌고 있었다. 거기에는 죽은 남편, 몇 안 되는 그녀의 연인들, 해변, 최근의 연애와 쾌락이 녹아들어 있었다. 그녀는 상황을 착각한 허언증 환자의 눈빛을 보고 문득 자신의 욕망을 깨달았다. 그 청년에게 저항할 수 없을 정도로 이끌리고 있음을 인정하게 된 것이다. 청년은 자신이 그녀와 영원한 사랑에 빠졌다고 여겼고, 그녀 자신이 보기에도 그런 그의 모습은 처음이었다.

단순하고 용기 있게 자신이 욕망하는 바를 사랑하는 청년이라면 그 감동의 원천을 수용한다. 간단히 말해 내적 갈등 없이 거기에 빠져든다. 이 시대에 그런 우직함이나 용기, 가능성을 순수하게 지니고 있는 사람을 찾기란 거의 불가능하다. 있다 해도 아주 드물다.

필립의 웃음소리가 잦아들었다. 그러자 신기하게도 사태를 알아채기라도 한 것처럼 이번에는 뤼도빅이 웃음을 터뜨렸다. 더 사내답고 감동적이고 진지한 웃음이었다. 그렇다면 그녀의 웃음은 어떠했던가? 파니에게는 자신의 웃음소리가 두 사람의 웃음소리와는 전혀 다르게 들렸다. 젊음을 찾아볼 수 없는 속물적이고 가식적인 웃음, 그녀 자신처럼 여위고 우스꽝스러운 웃음소리였다. 그녀는 자신이 제정신이 아니라고, 방탕하다고 자책

했으나 그 웃음에서 느껴지는 것은 무기력뿐이었다. 뤼도빅의 웃음소리는 사내답게 변해 있었다. 그 힘과 결단력과 태평함은 그의 원래 성격이나 그가 쓰고 있는 가면에서 나온 것이 아니라 욕망의 결과물이었다.

●

길게 이어진 즐거운 저녁 몇 시간이 필립이 피상적인 사실을 눈치채고 파니가 내적 진실을 깨달은 십오 분으로 축소되고 말았다.

뤼도빅 혼자만 태평했다. 그의 손길에 파니가 어깨를 움츠려도 그는 낙담하지 않았다. 그는 그녀와 자신 사이에 있는 것이 무엇인지를 확실히 알고 포착하고 확신하고 있는 듯했다. 파니는 그의 감정을 이해하고 인정했다. 그녀는 뤼도빅이 걸쳐 준 트위드 재킷을 벗으면서, 오랫동안 머무르던 고치에서 빠져나오듯 허전함을 느꼈다. 한편 뤼도빅은 의붓삼촌인 필립과 그 어떤 유대감도 느낄 수 없었다. 뤼도빅이 보기에 필립은 권태와 거짓말의 화신이었다. 하지만 줏대 없는 거짓말쟁이여도 나쁜 사람은 아니었고, 그가 거기에 있는 것은 새어머니가 오라고 했기 때문이었다.

뤼도빅은 고풍스런 단어나 표현을 즐겨 썼다. 기숙학교에서 익힌 그런 말들은 파리의 유흥장에서 자주 쓰이다가 기묘하게도 요양원까지 따라와 확실히 자리를 잡았다. "좋은 양반", "근사한 양반" 같은 표현을 자주 썼고, 생김새를 보고는 "저 아씨 말이죠."라고 했으며, 아버지 공장의 직원을 따라다니며 "진짜 사나이"라고 했다. 사이가 좋았던 시절 그는 아내 마리로르와 마주칠 때면 고정된 호칭 대신, "찬란한 사람"이라고 불렀다. 새어머니 상드라를 두고는 "존재감 있는 마님"이라고 표현했다. 그가 그 어떤 형용사, 그 어떤 수식어, 그 어떤 표현도 동원하지 않는 대상은 파니뿐이었다. 이 경우에 침묵만큼 함축적인 것도 없었다.

그날 저녁 뤼도빅과 마리로르와 필립 — 상드라는 이들을 싸잡아 '아이들'이라고 불렀다 — 그리고 파니 네 사람은, 상드라 같은 으시시하고 억압적인 여주인과 같은 지붕 아래서 지낸다는 데서 오는 본능적인 유대감을 느끼며 서로의 볼에 입맞춤을 했다. 유년의 무의식, 두려움, 연대감에서 오는 이해는 성인들을 하나로 묶어준다. 다만 그날 저녁 필립은 파니의, 뺨 대신 손에 입맞춤을 했다. 안락하지만 권태로운 이 갑갑한 시골에서 뜻밖의 드라마를 제공해 준 장본인을 존중해야 마땅했다. 한편 파니는 뤼도빅의 제대로 면도되지 않은 뺨에 입을 맞추면서 누구라도 알아볼 수 있을 정도로 뻣뻣한 자세를 취했다. 필립이 보기에 그것은 그녀의 죄책감을 말해 주는 또 다른 증거였고, 뤼도빅에게 있어서는 파니의 향기롭고 보드라운 뺨에 입술을 댈 좋은 기회였다. 투르역에서 파니의 향수 냄새를 처음 맡은 후 뤼도빅에게는 이 세상에 여성용 향수는 그것밖에 없는 것처럼 여겨졌다.

그날 저녁 뤼도빅은 자신이 유난히 젊고 행복하고 사랑에 사로잡힌 것처럼 느꼈다. 꺼져 버린 듯했던 감수성이 되살아나고 사랑에 대한 맹목적인 몰입이 평소에 비해 크게 개선된 것처럼 여겨졌다. 그의 웃음 역시 훨씬 편안해졌다. "웃음은 사랑의 속성"이라고 하지 않았던가. 실제로 그 무엇도 웃음처럼 효과적으로 사기를 돋우거나 꺾어 놓을 수 없다. 뤼도빅은 춤을 추었다. 반사적으로 잡았던 파니의 허리를 놓아주었다가 다시 팔을 들어 올려 그녀의 어깨를 품에 꼭 안았다. 그는 그녀를 향해 몸을 던지고, 그녀를 향해 몸을 숙였다. 그런데 그녀의 뺨이 지나치게 가까이에 있었다. 그는 그녀의 입술이 그의 입술이 만날 수 있도록 적당한 사이를 두고 그녀의 고개를 낮추었다. 그를 밀어내거나 갑작스럽게 뒷걸음을 치거나 이마나 턱을 서로 부딪치는 것 외에 파니가 택할 수 있는 유일한 해결책은 가볍게 방향을 틀며 고개를 들어 올려 입술과 입술이 엇갈려서 만나도록 하는 것뿐이었다. 볼썽사납게 피하는 것보다는 낫다는 생각에서 파니는 그편을 선택했다. 필립이 줄곧 적대적인 시선을 보내고 있었음에도 뤼도빅의 동작은 아주 자연스러웠다. 필립은 그들의 심리를 엿보며 즐기고 있었지만 그렇다고 경솔하게 행동하지는 않았다. 게다가 뤼도빅과 파니의 입맞춤은 아주 짧았다. 파니가 얼음장 같은 목소리로 이렇게 말하며 발길을 돌렸던 것이다. "오, 난 그만 가 볼게." 필립은 조롱하는 듯한 태도로 잇새로 휘파람을 불면서 그녀의 뒤를 따랐고, 뤼도빅은 필립의 뒤를 따랐다.

14

상드라 크레송은 자기 방을 가로지르는 남편의 위압적인 발소리를 들었다. 이어 짐승의 발바닥이 마루에 부딪히는 소리와 개 짖는 소리가 들린 것 같았다. 루이 15세 풍으로 장식된 자기 방에 개가 들어오는 상황을 떠올리며 그녀는 본능적으로 아이처럼 킥킥거리고 웃었다.

"앙리, 내가 미쳐 가나 봐요……" 그녀가 말했다.

이웃해 있는 방에서 앙리의 목소리가 들려왔다.

"아 그렇소……?"

그는 놀라지도, 무슨 그런 말을 하느냐고 펄쩍 뛰지도 않았다. 그 사내는 딱한 상황에 처해 있었다. 상드라가 베개 위에서 몸을 일으켰다.

"개 짖는 소리가 들린 것 같아요. 심지어는 내 방을 지나가는 소리도요." 하고 말하며 그녀는 발작적으로 웃음을 터뜨렸다.

"이런, 거참……."

"솔직히 말해요……."

"조용히 해, 입 좀 다물라고! 그만, 가만히 있지 못해." 앙리가 소리쳤다. "침대에서 나오지 말고 입 다물고 있어!" 상드라는 남편의 반말 투와 거친 말에 아연실색해 충격을 받고 실제로 입을 다물었다.

"미안하오." 앙리가 숨을 헐떡이며 다시 말했다. "하지만 그만, 내가 그만하라잖소!"

"세상에, 앙리, 내가 걸어 다닐 수 없다는 거 당신도 잘 알잖아요……."

"누가 당신한테 걸으라고 요구하기라도 하오? 허, 다시 한번 미안하오, 상드라, 난 지쳤소. 이러다간 틀림없이 악몽을 꾸겠군. 당신을 깨우고 싶지 않으니 사잇문을 닫겠소."

문이 쾅 소리를 내며 닫혔다. 두 사람 각자의 고독

을 지켜보기라도 하듯 두 방 사이에서 언제나 열려 있던 문이었다. 다음 순간 상드라의 귀에 조금 전 들었던 것과 똑같은, 바닥에 뭔가 쩔꺽쩔꺽하며 부딪히는 소리가 들려왔다. 무슨 소리인지 알 수 없는, 한풀 죽은 듯한 소리였다. 혹시 앙리가 탭 댄스를 배우기 시작한 것은 아니겠지? 하지만 그가 못할 일이 세상에 어디 있을까?

15

 파니의 방은 창문이 활짝 열려 있었다. 매일 환기되는 방의 카펫 위에는 아름다운 옷들이 여기저기 놓여 있었다. 풀 향기와 시골 공기가 들어왔고, 열렸다 닫혔다 하는 덧문을 통해 커다란 플라타너스 잎새가 대담하게 방 안으로 얼굴을 들이밀기도 했다. 눈앞에 펼쳐진 짙푸른 하늘에서는 별똥별이 떨어져 내렸고, 축축한 땅에서는 언제나처럼 부드러운 기운이 올라오고 있었다.

 필립은 파니를 방까지 데려다주고 미묘한 미소를 지으며 그녀의 손에 입맞춤을 했다. 그 미소를 보고 파니는 짜증이 났다. 필립은 더 이상의 행동은 하지 않았다. 내일은 이 소동이 또 다른 국면을 맞으리라. 파니는 방을 가로질러 거울 앞으로 가서 자신의 모습을 비춰 보았다. 두 눈에 분노와 불안이 떠올라 있었다. 그런 다음 그녀는 창가로 가서 턱을 괴었다. 커다란 플라타너스 잎이 까슬거리면서도 포근한 뤼도빅의 재킷처럼 그녀를 감싸주었다. 뤼도빅…… 뭐든 할 태세가 되어 있는 장난꾸러기……. 그 얼간이 같던 청년이 눈 깜짝할 순간에 노련한 사내로 변신해, 그녀를 꼼짝 못 하도록 가두지 않았던가. 아주 노련하게 그녀로 하여금 어깨도, 팔도 움직일 수 없게 했고 앞으로도 뒤로도 갈 수 없게 만들었다. 그녀가 그의 입술을 피하려면 볼썽사납게 뒷걸음질을 해야 했다. 그래서 그녀는 필립의 집요한 시선을 의식하면서도 뤼도빅에게 속수무책으로 몸을 밀착시킬 수밖에 없지 않았던가! 그녀를 놓아주면서 그는 다시 한번 그녀의 얼굴에 입맞춤했다. 그 빌어먹을 필립이 그렇게 옆에 붙어 있지 않았다면, 그들은 아마 지금까지도 9월의 하늘 아래 몽롱한 기분에 잠겨 있었으리라.

누군가 방문을 두드리는 소리가 들려왔다. 늦은 시각임에도 필립이나 앙리 혹은 상드라가 그녀를 보러 온 모양이었다. 파니는 큰 소리로 대답했다. "들어오세요." 하지만 방으로 들어온 사람은 놀랍게도 뤼도빅이었다. 그는 공모라도 하듯 손가락 하나를 입술에 갖다 대고 있었다. 파니는 화가 났으나 어쨌든 목소리를 낮추었다.

"지금 뭐 하는 거야? 설마 우연히 들렀다고 하진 않겠지……?"

그녀는 말을 멈추었다. 삼십 대의 성인에게 이런 식으로 꾸중을 한다는 게 우스꽝스럽게 여겨졌던 것이다. 사실 그녀는 이제까지 뤼도빅을 성인 남자로 대우한 적도 없었고, 성인 남자에게 하듯 대화한 적도 없었다. 남편을 제외하면 여러 차례 잠자리를 한 유일한 남자인 그를 어떻게 그런 식으로 대할 수 있었을까? 구겨진 드레스 차림으로 최근 정신 병원에서 나온 청년과 마주 앉아 자신의 평판을 걱정하는 그녀를 보았다면 캉탱은 웃음을 터뜨렸으리라.

뤼도빅은 헝클어진 머리에 빛나는 눈을 하고 트위드 재킷을 팔에 걸치고 있었다. 파니는 그가 그렇게 아름답다는 것을 자신이 좀더 일찍 알아채지 못한 것에 놀랐다. '어쩜 이렇게 잘생겼지. 정말 멋있잖아.' 그녀는 속으로 냉정하게 평가했다. 그녀의 눈에 그는 빌리보이[16] 같았다. 푸슈킨 공 같기도 했다.

그녀는 습관적으로 그를 침대 발치에 앉게 하고 자신은 반대편에 앉았다. 뤼도빅은 긴 다리로 침대에 걸터앉아 양탄자 위에 발을 내려놓았고, 파니는 침대 위에서 두 다리를 접어 깔고 앉았다. 어떻게 하면 그에게 상처를 주지 않고, 해야 할 말을 할 수 있을까?

"난 내 딸을 모욕하고 싶지 않아, 뤼도빅." 그녀가 입을 열었다. "그 애는 원래 그런 애야, 나도 자네 말에

---

[16] 앤디 워홀의 뮤즈였던 미국의 패션 디자이너이자 예술가.

동의해. 하지만……."

"그녀는 그 이상으로 지독해요." 뤼도빅이 말했다.

그런 다음 그는 눈을 내리깔고 파니의 다리를 바라보았다.

그녀는 신경질적으로 두 다리를 몸 쪽으로 더 끌어당겼는데 그 침대 스프레드는 미끄러운 데다가 솔직히 흉하기 짝이 없었다. 뤼도빅이 그녀를 똑바로 바라보며 아무 저의 없이 순진한 미소를 지어 보였다.

"저 스프레드는 언제나 저랬어요. 새것일 때도요. 마르트 숙모가 앙드레 숙부와 결혼할 때 사 온 거예요. 큰숙부는 1940년 또 다른 숙부 마르셀과 전쟁터에서 이곳 집으로 돌아오다가 돌아가셨어요."

"그런 끔찍한 일이!" 파니가 당황해서 외쳤다.

"그래서 아버지가 열아홉의 나이에 공장을 맡으셨죠. 이 들판에 이 흉한 건물을 지은 사람이 바로 아버지예요. 아버지는 언제나 말씀하시죠. "1914~1915년에 전사한 이들은 영웅이지만, 1939~1940년에 전사한 이들은 겁쟁이들"이라고요. 아버지가 이렇게 말씀하시는 걸 이해해 주세요…… 숙모 두 분은 돈을 잔뜩 싸 들고 친정으로 돌아갔어요. 그 전에 이 집에 자신들의 흔적을 남겨놓고요. 그 후 어머니가 이 집에 들어와 사셨다는데 전 어머니에 대한 기억이 없어요. 어머니는 실내 장식 같은 것에 신경 쓰지 않으신 것 같아요. 그러다가 마침내 새어머니가 등장했죠. 이웃하고 있는 땅이나 돈 문제 같은 것으로 아버지와 얽혀서요."

"가엾은 상드라……."

파니가 냉정을 되찾았다.

"상드라가 이 집에서 가장 불행한 것 같아, 안 그래?"

"아니에요." 뤼도빅이 단호하고 분명하게 대답했다. "가장 슬픔에 차 있던 사람은 저였어요. 하지만 지금 전 이 집에서 가장 행복해요."

"크레송가의 상속자가 도대체 왜 그렇게 불행했다

는 거지?" 그녀가 짐짓 다그치듯 반박했다. 하지만 뤼도빅은 파니의 농담을 눈치채지 못한 것 같았다.

"아무도 나를 사랑하지 않았고 돌봐 주지 않았으니까요."

"그럼 혹시 내일 힘겨운 어린 시절에 대해 내게 들려줄 수 있을까?"

뤼도빅이 그제야 농담임을 알아채고 튕겨지듯 자리에서 일어났다. 파니가 몸을 피했다. 그는 그녀를 붙잡아 마치 인형을 눕히듯 침대 위에 눕혔다. 단추를 풀어 놓은 하얀 셔츠 밖으로 까무잡잡한 그의 목이 드러났다. 목덜미까지 내려오는 반짝이는 머리카락, 윗몸, 길고 싱그러운 입술…….

파니의 머릿속은 완전히 뒤죽박죽이 되고 말았다. 그녀가 고개를 돌리는 순간 애원하는 듯한 긴 입맞춤이 얼굴을 뒤덮었던 것이다. 그녀를 위한, 그리고 그 자신을 위한 입맞춤이었다. 그들의 입술이 서로의 몸으로 미끄러져 내려왔다. 욕망과 숭배의 공존, 격정과 방기, 애매한 거부와 집요한 시도. 반쯤 투명해 보이는 어두운 방 안에서 벌어지는 그 모든 것이 신비로웠다. 두 사람은 하늘을 가르며 떨어지는 별똥별이나 플라타너스 잎처럼 세차게 몸을 떨고 있었다.

●

파니가 잠에서 깨어났을 때 뤼도빅은 가고 없었다. 진짜 사랑을 나눈 후의 밤이 그렇듯이 그녀는 언제 잠이 들었는지 기억할 수 없었다. 그가 곁에 없다는 사실, 인사도 없이 가 버렸다는 사실, '감히' 그녀 곁을 떠났다는 사실에 그녀는 한순간 화가 났다. 하품을 하고 기지개를 켜면서 그녀는 사랑의 징후인 독점욕이 생겼음을 인정하지 않을 수 없었다. "당연하지, 당연하고말고." 그녀는 거듭 중얼거렸다. 그러면서 자신이 느끼는 감정을 명확히 파악해 보려 했지만 몸이 피로한 동시에 편안하다는 사실만을 확인했을 뿐이었다.

파니에게 있어서 관능이란 서로에 대한 정절 속에 있었다. 캉탱이 죽고 난 후 맞는 아침은 결코 그 이전과 같지 않았다. 하지만 어젯밤만은 예외였다. 그녀보다 훨씬 어린 장난꾸러기 청년 덕택에 그런 느낌을 다시 맛보았던 것이다. 그녀는 두 사람의 나이 차가 얼마인지 정확히 헤아려 보려고 하지 않았고, 그가 자기 딸—그녀의 눈에 어딘가 한참 잘못된—의 남편이라는 사실, 사람들이 그 청년을 정신병자로 여긴다는 사실에도 신경 쓰지 않았다. 그가 "사랑해요."라고 속삭이던 것이 생각났다. 그가 그녀와 사랑에 빠진 것은 그녀가 한 말 때문이었다. 그녀는 사고가 일어나던 날 운전을 한 사람이 그가 아니라는 사실을 분명히 했다. 적어도 그 사실을 환기시켰다. 그날 밤 이후 그는 때로는 소리 높여 때로는 나직하게 "사랑한다."라는 말을 되풀이하고 있었다. 까끌까 끌한 뺨의 감촉, 소리는 잘 들리지 않지만 내용은 너무나도 명백한 간헐적인 소근거림, 동시에 느껴지는 절박함과 두려움, 그런 것들이 한 남자가 여자를 사랑하는 증거가 아니면 무엇이겠는가?

그녀는 아주 세심하게 옷을 차려입었다. 그 드레스는 그녀가 한 남자 디자이너에게 맞춘 것으로 그 디자이너의 성적 취향은 여자가 아니었지만, 그 드레스를 보면 그가 여자를 사랑한다고 생각될 정도였다. 사실 파니는 자신의 체취에 섞인 연인의 냄새를 씻어 내기 싫은 마음을 억제하고 침대에서 일어나 욕조로 들어갔다. 이윽고 그녀는 층계를 내려와 아침 식사를 하기 위해 모인 라크레소나드 식구들 앞에 섰다. 사람들이 그녀의 아름다운 모습에 찬사를 발했으나 파니는 놀라지도 크게 신경 쓰지도 않았다. 그녀는 아주 자연스럽게 그들의 반응을 즐겼다. 뤼도빅에게 애정에 찬 미소를 보내지도 않았다.

그는 금빛 솜털로 덮인 가무잡잡한 피부, 적갈색 머리카락, 시원하게 긴 눈, 살짝 벌린 입, 불룩한 눈꺼풀에 비스듬하게 숙인 자세로 그녀의 의자 뒤에 서 있었다.

"정말 아름답군요!" 나이 대가 그녀와 비슷한 '비상하는 독수리'가 감탄했다. 사실 그 자리에서 파니가 유혹한다 해도 스캔들이 되지 않을 상대는 그뿐이었다.

"정말 그래요." 필립이 거리낌 없이 말했다. 그 모든 것에도 불구하고 그는 여자를 몹시 좋아했던 것이다. 지난날 그는 아침 식사 자리에서 여성들에게 세심한 배려를 해 준 경험이 있었다. 그 시절에 대한 그리움이 한순간 그의 목을 죄어들게 했다.

"컨디션이 매우 매우 좋아 보이시네요." 마리로르가 인정했다. 그런 식으로 말하면 갑자기 치밀어 오르는 질투심을 가라앉힐 수 있었다.

"정말입니다!" 뤼도빅이 자연스러운 충동에 못 이

겨 외쳤다. 그 충동이 반사적인 것이 아니었다면 다른 이들의 의심을 살 수도 있었다.

'그녀는 내 거야. 두 시간 전에 그녀는 나체로 내 품에 있었어. 내게 말하기를…….' 그는 생각했다. 감사와 행복과 자부심의 눈물이 그의 눈에 차올랐다.

"식사가 끝나면 모두를 모시고 소(Saultes)[17]의 석회암 동굴을 보러 갈까 하오." 앙리가 말했다. 사람들이 흥미를 보이자 그가 덧붙였다. "오늘은 일요일이라 공장의 비치크래프트 비행기를 오라고 했소. 부인께 이 지방을 좀 구경시켜 주고 싶어서 말이오. 부인이 여기서 본 건 상점들뿐이니까."

"부인은 라 크레소나드에서 가장 멋진 걸 보신 것 같은데요." 필립이 미소를 지으며 힘주어 말했다. 그 웃음이 어찌나 의미심장해 보였던지 정작 그 말의 내용이

---

[17] 프랑스 남동부 프로방스알프코트다쥐르 지역에 있다.

이상하다는 것은 아무도 눈치채지 못했다. 당사자인 파니마저도.

후식이 나온 후에는 필립으로부터 갑작스런 협박성 발언이 더 이상 나오지 않았다. 향기로운 차가 나왔다. 그런데 이 차는 브랜드가 어디 건가요? 질문을 받은 마르탱은 얼굴이 거의 홍당무가 되어 '립톤'이라고 대답했다. 실제로 그날 아침 파니는 자신도 깨닫지 못한 채 모든 사람들을 당황하게 만들었다. 행복하고 즐거운 사람들이 때때로 그러듯이 제어할 수 없는 격렬한 충동에 떠밀렸던 것이다.

앙리 크레송이 준비한 그 괴상한 공중 산책 동안, 파니와 뤼도빅은 서로 몸이 닿지 않도록 주의를 기울였다. 그 비행은 앙리가 지금까지 가장 부유한 일본인 기업가나 가장 반응이 없는 거래처에만 제공해 온 행사였다. 자동차로 하면 삼십 분이면 될 그 소풍은 두 시간이 걸렸고, 요란한 충격은 덤이었다. 비행기 조종법은 끝내 배울 수 없었지만 ─ '성크리스토프의 은혜 덕분'이라고 그의 친지들과 직원들은 말하곤 했다 ─ 비행기야말로 '비상하는 독수리' 앙리 크레송의 비밀 병기였다.

파니는 무척 달콤하고도 기묘한 한나절을 보냈다. 그 공중 산책은 그녀의 마음에 들었다. 그녀의 얼굴은 전날 밤의 피로와 뒤에 앉은 뤼도빅의 차분한 눈길에 잠겨 있었다. 같은 나이 대의 대부분의 여자들처럼 그녀 역시 연인이 보호자 역할을 해 주는 것이 좋았다. 사실 그것은 젊은 세대에게는 오래전에 사라진 구식 관념이었다.

"정말 아름답네요…… 정말 아름다워요." 파니 옆에서 마리로르가 외쳤다. 마리로르는 이따금 돌발적인 행동으로 모두를 놀라게 했는데 필립만은 놀라지 않았다. 필립은 부정을 저지르는 남편을 둔 여자들이 ─ 설사 그런 정황을 모르고 있다 해도 ─ 소녀처럼 유치한 행동을 하곤 한다는 것을 경험으로 알고 있었다. 게다가 마리로르의 말은 틀린 것이 아니었다. 성들, 굽이치는 시내, 언덕, 연푸른 하늘, 늦여름, 투렌 지역 전체가 그들의 눈 아래에 그 매력을 펼쳐 보이고 있었다. 앙리의 기술적인 논평은 감상에 전혀 도움이 되지 않았다. '프랑스는 얼마나 아름다운지. 내 사랑은 얼마나 아름다운지······.' 파니는 생각했다. 비행기 안에서는 안개 냄새와 고광나무 향기가 났다. 그 향을 맡을 수 있을 정도로 비행기가 나무 바로 위를 낮게 날곤 했던 것이다.

한순간 파니는, 뤼도빅과의 추억을 또렷하게 떠올리며 격렬한 욕망에 휩싸여 그를 향해 몸을 돌렸다. 하지만, 그의 손가락 하나 건드리지 않고 즉각 몸을 제자리로 돌렸다. 그 불가능한 상황, 그 허락되지 않는 상황에서의 욕망이야말로 그녀의 연애사에서 가장 관능적인 기억이었다. 그 순간이 지나가자 그녀는 불쑥 중얼거렸다. "그는 미쳤고, 나는 음란해." 평생 처음으로 그녀의 머릿속에 떠오른 그 생각은 피로와 회의가 극에 달했을 때 스스로에 대해 할 수 있는 오해 같은 것인지도 몰랐다. 그녀는 자신을 바라보고 있는 뤼도빅의 빛나는 눈을 바라보았다. 그 아름다운 눈길을 증오의 시선으로 맞받아 탁하고 혼란스럽게 바꿔 놓기 위해서는 그 순간 그녀가 정말이지 그를 증오해야만 가능했다. 그를 정말로 증오하지 않고서는 그녀 자신의 보다 현실적인 모습을 직시하기 어려웠다. 파리에서 여기까지 내려와 고독한 삶에 강타당한 아이 같은 청년에게 반해 어쩔줄 모르는 그녀 자신의 모습을.

16

파티가 육 일 앞으로 다가왔다. 식구들 모두 같은 의문을 품고 있었다. 과연 상드라가 고집을 꺾지 않고 침대에서 나와 파티장에 모습을 나타낼 것인가? 앙리의 호통에도 불구하고 그녀는 여전히 뻘건 얼굴로 자신도 파티에 참석하겠다고 모두를 을러 대고 있었다.

뤼도빅과 파니는 낮을 함께 보내고 밤에도 다시 만났다. 필립은 신경이 곤두섰다. 하지만 그런 상황에서 호기심보다는 스캔들에 대한 두려움이 더 컸다. 파니에게 반해 갖은 예의를 다 갖추고 있는 앙리가 일단 실상을 알게 되면 파니뿐 아니라 필립 자신까지 저택에서 내쫓으리라는 것을 그는 알고 있었다. 고자질을 한 이들은 — 거기에는 그 자신도 포함되어 있었다 — 끝이 좋지 않다는 것을 그는 경험으로 알았다. 그러니…….

결국 라 크레소나드의 손님 중에서 가장 똑똑하게 처신한 것은 가나슈인 셈이었다. 가나슈는 여성성의 화신인 향기롭고 부드러운 파니에게 처음부터 이끌렸다. 하지만 그녀의 애정을 종종 누군가와 나눠야 한다는 것을 이내 눈치챘다. 그는 차선을 택해 뤼도빅이라고 불리는 키 크고 여윈 청년을 따라 다녔는데, 청년은 달리기도 잘하고 기본적으로 친절했지만 멍하게 있을 때가 너무 잦았다. 한편 나머지 두 사람 필립과 마리로르는 그를 쳐다보지조차 않았다. 요컨대 가나슈의 유일한 걱정거리는 마르탱의 은밀한 발길질을 어떻게 피하느냐 하는 것이었다. 그랬다, 가나슈가 뜻밖에 자기 집으로 삼게 된 이 드넓은 거처에서 유일하게 주인으로 섬기는 사람은, 천둥 같은 목소리와 권위와 힘을 지닌, 앙리라고 불리는 저택의 가장이었다. 남들 눈에 띄진 않지만 그에게는 감상적인 면이 있었다. 그는 종종 집을 비우긴 했지만 그렇다고 그가 가장이라는 사실이 달라지는 건 아니었다. 안타까운 점은 그 집에 거주하는 동물이 그만이 아니라는 사실이었다. 그의 거처에서 가까운 곳에 자리 잡은, 한숨 내쉬기의 명수인 그 '부인'은 이제까지 한 번도 짖은 적이 없었다. 위협적인 것은 바로 그 점이었다. 주인 앙리가 밤에 그를 데려오면서 '부인'의 거처를 피해 복도의 작은 문으로 다니게 하는 것은 허투루 보아 넘길 일이 아니었다. 정원이나 테라스, 때로는 자동차 안에 국한되긴 했지만, 앙리는 그들의 특별한 관계를 인정하면서 그를 '내 오랜 친구'니 '잘생긴 똥개'니 하는 재미있는 호칭으로 불렀다. 우렁차게 울리는 목소리로 들려주는 그런 말을 들으면서 가나슈는 동족을 만난 듯 마음이 따뜻해졌다. 인간이 짖는다면 바로 그런 소리를 내리라는 것을 알 수 있었던 것이다. 가나슈와 앙리의 멍멍거리는 소리는 서로 닮아 있었다. 하지만 사람들 중에서 그것을 알아챈 것은 감수성이 예민한 파니뿐이었다.

17

하늘은 그들이 마음을 졸이는 것을 즐기는 듯했다. 어떤 날은 맑은 가을 날씨로 햇빛이 오렌지빛으로 빛났고, 또 어떤 날은 무척 덥고 후텁지근했으며, 또 어떤 날은 비가 오고 천둥이 쳤다. 겨우 두 시간 동안 날씨가 딴판으로 달라져서 그곳이 투렌인지 노르망디인지 헷갈리기도 했다. 실내에 있어야 할지 실외로 나가야 할지 모두들 갈팡질팡했다. 그 와중에 뤼도빅만이 아무런 동요도 없었다. 뤼도빅의 눈빛, 뤼도빅의 스웨터, 뤼도빅의 손, 뤼도빅의 행복은 요지부동이었다. 파니는 그를 피할 수도, 진정으로 원할 수도 없었다. 누군가에게 한결같은 사랑을 받는 것은 상대에게 자신에 대한 관심과 열정을 불러일으키는 것보다는 쉬웠지만, 그런 상대를 지켜보기만 하고 아무런 적극적인 반응을 보이지 않으면서 행복해

지기란 정말이지 어려웠다. 그 청년의 삶을 선물 같은 것으로 만들어 주려는 생각을 갖고 그를 지켜보아 준 사람은 이제까지 아무도 없었다. 이제까지 그 누구도 그를 충만하게 채워 주고 기쁘게 해 주고 최상의 그 자신이 되도록 도와준 적이 없었다. 그가 가짜 광기로부터든 절대적인 고독으로부터든 벗어나도록 적극적으로 도와준 사람은 아무도 없었다. 오직 파니만이 그녀 자신을 돌보지 않고 그에게 이해와 헌신과 충고를 해 주었다.

햇빛과 비를 막을 수 있도록 테라스 위에 세워 놓은 커다란 텐트들이 바람에 펄럭이고 있었다. 비슷비슷한 날들이 흘러갔다. 그리고 파니와 뤼도빅 두 사람에게 밤은 짧고도 소중했다. 하지만 파니는 세상을 떠난 남편 생각에서 자유로울 수 없었다. 캉탱…… 그녀가 캉탱 아닌 사람을 사랑할 수 있을까? 이제 열흘 후면 파티가 열리고 뤼도빅의 명예가 회복될 것이고 그녀는 그곳을 떠나 다시 일을 시작하리라. 그녀에 비해 지나치게 젊고 책임질 능력이 없는 연인을 잊으리라.

　　시골 저택의 커다란 침대에서 자고 있는 연인 곁에 누워 파니는 왠지 눈물이 솟구쳤다. '피곤해서 눈물이 나는 거야.' 그녀는 고집스럽게 스스로에게 중얼거렸다. 불확실함, 막연한 모욕감, 회의감에서 오는 눈물이었다. 뤼도빅은 회의감에 대해서든, 그녀의 출발에 대해서든, 그들의 이별에 대해서든 이야기한 적이 없었다. 그리고 그녀 역시 분별심과 두려움 때문에 그에게 그런 이야기를 하지 않았다. 그들의 눈길은 그들의 육체만큼이나 긴밀하게 얽혀 있었지만, 밤에 그가 자신과 그녀가 피울 담배에 불을 붙이면서 금지된 잘못을 저지르는 청소년처럼 목소리를 낮출 때면, 두 사람은 그렇게밖에는 할 수 없다는 느낌이 들었다.

　　그럴 때 그들이 소리 죽여 나누는 화제는 앙리와 가나슈 간의 열정에 관한 것이었다. 그런 이야기를 하면서 그들은 웃음을 터뜨렸고, 때로는 거기에서 가장 멀리 떨어진 상드라의 방에서 들려오는 그녀의 거친 숨소리와 가까운 필립의 방에서 들려오는 요란하게 코 고는 소리에 귀를 기울이기도 했다. 필립은 그토록 많은 것을 알고 있으면서도 모르는 척 비밀을 지켜야 해서 화가 나 있었고, 마리로르는 사람들을 덮어놓고 비꼬는 버릇이 점점 더 심해졌지만, 아무도 그 말에 귀를 기울이지 않았다.

●

마침내 파티의 날이 밝았다. 모두들 놀랄 정도로 날씨가 맑았다. 하늘은 아침부터 무슨 선물처럼 푸르렀고 그렇게 줄곧 맑았다가 이윽고 천천히 어두워져갔다.

투렌에서, 파리에서, 그 외 여러 곳에서 온갖 종류의 자동차를 타고 도착한 초대객들이, 그날을 위해 마련해놓은 주차장에 차를 주차시켰다. 턱시도와 실크 드레스를 입은 크레송 일가의 모습은 좀 우스꽝스러워 보였다. 앙리는 연미복을 몸에 꼭 맞는 것을 입을지 품이 아주 넓은 것을 입을지 망설였다. 필립의 단 한 벌뿐인 정장은 낡았지만 그가 돈을 물 쓰듯이 쓰던 시절 런던에서 맞춘 완벽한 옷이었다. 뤼도빅이 입은 턱시도는 요양원 생활로 살이 많이 빠진 그에게 좀 크긴 했지만 잘 어울렸다. 짙은 적갈색 머리카락과 입체적인 눈매를 한 그의 모습은 안정되어 보였다. 눈부시게 반짝이는 풍성한 적갈색 머리카락과 함께 그의 수줍은 미소는 은둔의 삼 년을 보낸 후 만나는 라 크레소나드의 친지와 친구들을 매혹했다. 뤼도빅이 그렇게 빛나는 진짜 이유에 대해 아무것도 모르는 앙리는 자부심에 차서 거듭 말했다. "젊은 나이에 고인이 된 제 엄마를 닮아서 저 애도 머리카락이 적갈색이랍니다." 그러니까 앙리는 유일한 사랑이었던 첫 아내가 평생 '빨강머리' 여자였음을 삼십 년 만에 인정한 셈이었다. 아내가 살아 있을 때 그는 그 사실을 못 견녀 하지 않았던가. 햇빛이 환한 대낮에 사랑하는 아내의 비단처럼 부드러운 진갈색 머리카락에 얼굴을 묻을 때면 그것이 적갈색임을 잘 알고 있었음에도 입 밖에 내어 인정한 적이 없었다. 이제 그녀를 생각할 때나 그녀가 머릿속에 떠오를 때면 그 누군가는 먹먹한 심정으로 그 사실을 안타까워하리라. 그 누군가는 자신이 보기에도 좀 우스꽝스럽고 억눌려 있고 보잘것없는 또 다른 앙리 크레송 자신이었다.

작품 해설

우리 자신도 몰랐던 심연에 다가가기

"파니는 생각했다. 비행기 안에서는 안개 냄새와 고광나무 향기가 났다. 그 향을 맡을 수 있을 정도로 비행기가 나무 바로 위를 낮게 날곤 했던 것이다. 한순간 파니는, 뤼도빅과의 추억을 또렷하게 떠올리며 격렬한 욕망에 휩싸여 그를 향해 몸을 돌렸다. 하지만, 그의 손가락 하나 건드리지 않고 즉각 몸을 제자리로 돌렸다. 그 불가능한 상황, 그 허락되지 않는 상황에서의 욕망이야말로 그녀의 연애사에서 가장 관능적인 기억이었다."

-본문 중에서

사강이 돌아왔다. 짧고 생생하고 파격적인, 어디로도 향할 수 있는 열린 결말의 미완성 소설로. 서랍 속에 깊숙이 묻혀 있던 이 소설이 사강 사후 십여 년이 지나 마침내 파리 서점가에 처음 배포되던 날 독자들은 책방 앞에 길게 줄을 섰다. 무덤 저편에서 살아 온 듯한 작가의 귀환이 그렇게 반가웠던 것일까. 초판 부수가 파격적이었음에도 책은 곧 일시 품절된다. 1954년 어린 나이로 혜성처럼 등장해 이후 반세기에 걸쳐 '사강 신드롬'을 유지해 온 한 작가에 대한 관심과 경의를 확인시켜 주는 사건이었다.

사강의 다른 작품들과 마찬가지로 이 소설의 "인물들은 때때로 파렴치하고, 분위기는 지독히도 바로크적이며 기상천외한 사건들"이 우아한 문체와 신랄한 풍자, 재기 넘치는 대화 속에 펼쳐진다. "종이는 삭고 글씨는 바랬지만 사강의 감성과 문체, 풍자와 유머가 그 어떤 작품보다 생생하게 빛을 발하는"《리베라시옹》

이 작품은 정말 가장 '사강스러운' 소설일까.

　프랑수아즈 쿠아레는 1935년 프랑스 카자르크의 유복한 중산층 가정에서 태어나 청소년기에 가족과 함께 파리로 이주해 수녀원 부속 기숙학교를 다녔고 소르본 대학에 입학해 수학했다. 재학 중 발표한 『슬픔이여 안녕』이 문학적, 대중적으로 커다란 성공을 거두면서 '프랑수아즈 사강'(이 필명은 그녀가 좋아하는 작가 마르셀 프루스트의 작품에서 따온 것이다.)이 된 그녀는 학교를 그만두고 전업 작가의 길로 들어선다.

　파티와 자동차와 도박을 즐겨 사고로 의식 불명 상태에 들기도 했고 마약성 진통제를 시작으로 약물에 중독되었으며 빚으로 인해 경제적으로 불안정한 생활을 하기도 했다. 특이한 교우 관계, 연애, 결혼, 법정 출두 등 "나는 나를 파괴할 권리가 있다."라는 그녀 자신의 말처럼 얼핏 요란하고 충동적인 삶을 살았으나, 신념을 팔거나 인색하지 않았고 자신의 기준으로 상대를 대우했다. 대통령 미테랑은 기다리게 했지만, 말년의 사르트르에게 기꺼이 시간을 내고 반쯤 눈이 먼 그를 위해 접시의 고기를 썰어 주었다. 삶과 작품의 마디마디에 고인 생각을 풀어낸『내 최고의 추억과 더불어』에는 소설이 담아내지 못한 '사강다움'이 담겨 있다. 2004년 옹플뢰르의 한 병원에서 지병으로 사망했을 때 나온 "인간 마음의 열정과 재기를 탐사한 프랑스의 가장 감각적인 작가를 잃었다."라는 애도의 말은 사강의 문학 세계를 단적으로 보여 준다. 엄청난 양의 독서와 특유의 재기를 바탕으로 이십 여 편의 장단편 소설, 에세이, 희곡, 시나리오 등 다양한 장르의 작품을 발표했고, 남녀간의 사랑에 대한 설득력 있는 심리 지도를 완성했다.

이 소설은, 나이 차가 많은 연하 남자와 여주인공

의 사랑을 다루고 있다는 점에서는 『브람스를 좋아하세요…』나 『찬물 속 한 줄기 햇빛』을, 대사 속 풍자와 유머가 특히 돋보인다는 점에서는 『마음의 파수꾼』과 궤를 같이한다. 원고가 타인의 '수정'을 거치긴 했지만 사강 문학의 특징이라고 할 수 있는 요소들이 도처에 포진해 있어서 "미완성임에도 불구하고 사강의 향기가 흠뻑 어려 있음을 확인할 수 있다."(「프랑스 앵테르」). 인물의 독특한 성격, 재기 발랄한 대사, 톡 쏘는 듯한 경쾌한 풍자, 부르주아적 안락에 대한 경도와 경멸, 관습적인 모든 것에 대한 태생적인 자유로움, 욕망에 관한 한 파격을 두려워하지 않는 밀어붙임 같은 가볍지 않은 특징들이, "오픈카에 앉아 머리카락을 바람에 날리며 노르망디의 도로를 달리는"(《리브르 에브도》) 클리셰를 용서하게 만든다.

사실 이 작품은 사강이 영화 제작을 염두에 쓰고 쓴 것인데, "제라르 드파르디외, 카롤 부케, 다니엘 오

퇴유가 출연진으로 잡혀 있던" 영화는 시나리오 작업 단계에서 취소된다. 오랜 세월이 흐른 후 "어머니로부터 뾰족한 얼굴형과 날카로운 눈빛을 물려받은" 사강의 외아들 드니 웨스토프가 산처럼 쌓인 종이 뭉치 속에서 찾아낸 원본과 시나리오를 토대로 문체를 건드리지 않으면서 문장을 정돈해 세상에 내놓게 된 것이다. 그래서인지 영화의 미장센을 염두에 둔 장면 중심의 묘사들이 겹치고 반복되면서 소설로서의 긴장이 떨어지는 부분이 있다. 몇 군데에서 내용상 겹치는 부분을 생략하고 지나친 비약의 경우 최소한의 설명을 삽입하는, '투명 번역'을 위해 의역의 폭을 넓혀야 했다. 작품의 원제는 'Les Quatre Coins du Coeur'로 직역하자면 '마음의 네 귀퉁이'가 되는데, 의논을 거쳐 제목을 '마음의 심연'으로 정했다.

여러 가지 논란적 요소에도 불구하고 이 소설은

결국 연애 소설이다. 그리고 연애는, 사랑은 조건이나 물질, 심지어 육체가 아니라 '마음'에 달린 거라고, 우리 자신도 몰랐던 그 심연에 다가가는 거라고 사강은 말하고 싶었던 것일까.

2021년 9월

김남주

작가 연보

1935년	본명은 프랑수아즈 쿠아레(Françoise Quoirez). 프랑스 남서부의 카자르크에서 태어났다.
1951년	가족과 함께 파리로 이주하여 수녀원에서 운영하는 학교에 입학했으나 퇴학당했다. "나는 영혼의 것에 관심이 없었다." 생미셸 대로의 카페와 클럽을 드나들었다.
1954년	소르본 대학교에 입학 허가를 받았으나 첫해 시험에서 낙제했다. 여름에 요트 사고를 당해 침대에서 쓴 소설 『슬픔이여 안녕(Bonjour tristesse)』이 출간되었다. 이 작품으로 문단에 큰 반향을 일으켰고, 그해 비평가 상을 받았다. 이 작품은 이후 22개 국어로 번역되어 500만여 부가 판매되었다.

1956년	『어떤 미소(Un certain sourire)』 출간. 첫 작품 못지않은 수작이라는 평을 받았다. 『뉴욕(New York)』 출간.
1957년	『한 달 후, 일 년 후(Dans un mois, dans un an)』 출간. 교통사고로 차가 전복되어 머리에 중상을 입고 삼일간 의식 불명 상태에 놓이게 되었다.
1958년	『슬픔이여 안녕』이 오토 프레민저 감독에 의해 영화화되었다.
1959년	『브람스를 좋아하세요...(Aimez-vous Brahms...)』가 출간되었다.
1960년	희곡 「스웨덴의 성(Château en Suède)」 출간. 편집자였던 첫 번째 남편 기 쇼엘러와 이혼했다. "나는 새벽 4시에 잠자리에 들고, 그는 아침 7시에 일어나 말을 타러 간다. 결정은 내려졌지만, 난 가슴이 아프다. 하지만 우리는 이런 생활을 계속할 수 없었다."
1961년	『신기한 구름(Les merveilleux nuages)』 출간. 『브람스를 좋아하세요...』가 아나톨 리트박 감독, 잉그리드 버그먼 주연으로 영화화되었다.
1962년	희곡 「바이올린은 때때로(Les violons parfois)」가 출간되었다.
1963년	희곡 「발랑틴의 연보랏빛 드레스(La robe mauve de Valentine)」, 시나리오 「랑드뤼(Landru)」 출간. 두 번

	째 남편인 미국인 조각가 밥 웨스토프와의 사이에 아들 드니를 낳고 일 년 만에 이혼했다. "그는 결혼 생활보다 자신의 도기 작품을 더 좋아했다. (…) 결혼이란 아스파라거스에 비네그레트소스를 곁들이느냐 네덜란드식 소스를 곁들이느냐의 문제, 곧 취향의 문제일 뿐이다."
1964년	자서전 『독(Toxique)』 출간. 이 글에서 1957년 교통사고 때 겪은 모르핀 중독 경험을 털어놓았다. 희곡 「행복, 막다른 골목, 통행로(Bonheur, impair et passe)」 출간.
1965년	『라 샤마드(La chamade)』 출간.
1966년	희곡 「가시(L'écharde)」, 「사라진 말(Le cheval évanoui)」 출간.
1968년	『마음의 파수꾼(Le garde du cœur)』 출간.
1969년	『찬물 속 한 줄기 햇빛(Un peu de soleil dans l'eau froide)』 출간. 미국을 여행하며 작가 트루먼 커포티, 배우 에바 가드너 등과 교우했다. 파리로 돌아와 좌파 지지를 선언했다.
1970년	희곡 「풀밭 위의 피아노(Un piano dans l'herbe)」 출간.
1972년	소설 『영혼의 푸른 멍(Des bleus a l'âme)』을 출간했다.

1973년	G. 아노토와의 공저인 『그는 향기다(Il est des parfums)』 출간.
1974년	『잃어버린 프로필(Un profil perdu)』, 『대답(Réponses)』 출간.
1975년	단편집 『비단 같은 눈(Des yeux de soie)』, 『브리지트 바르도(Brigitte Bardot)』 출간.
1977년	『흐트러진 침대(Le lit défait)』 출간. 《르 몽드》는 이 작품을 "사강의 작품 중 가장 우수하다."라고 평가했다. 『보르자가의 금빛 혈통(Le sang doré des Borgia)』 출간. 영화감독 장뤼크 고다르의 권유로 「비단 같은 눈」을 각색한 영화 「푸른 고사리(Les fougères bleues)」를 감독했다.
1978년	희곡 「밤낮으로 날씨는 맑고(Il fait beau jour et nuit)」 출간. 오진이긴 했지만 췌장암이라는 진단을 받고 잠시 금주를 결정했다. 도박에 지나치게 집착했던 그녀는 프랑스 내무부에 자신에게 카지노 입장을 불허하도록 요청했다. 과도한 음주로 몇 차례 죽음 직전까지 이르렀고, 약물 과용으로 여러 차례 법정에 불려 갔다.
1980년	『누워 있는 개(Le chien couchant)』 출간.
1981년	단편집 『무대 음악(Musiques de scène)』, 랑세포베르와

	의 공저인 『화장한 여자(La femme fardèe)』를 출간했다.
1983년	쥘리아르포베르와의 공저인 『고요한 폭풍우(Un orage immobile)』 출간.
1984년	자서전 『내 최고의 추억과 더불어(Avec mon meilleur souvenir)』 출간. 이 책에서 사강은 자신의 글쓰기가 삶의 제약에 대한 복수였다고 털어놓았다.
1985년	『지루한 전쟁(De guerre lasse)』, 『상드와 뮈세, 사랑의 편지(Sand et Musset, Lettres d'amour)』의 추천사를 썼다.
1986년	『여자들(Des femmes)』 출간.
1987년	『희석된 피(Un sang d'aquarelle)』, 『사라 베른하르트, 깨뜨릴 수 없는 웃음(Sarah Bernhardt, le rire incassable)』 출간.
1988년	연대기 『대리석에서(Au marbre)』 출간.
1989년	『부동의 폭풍우(Un orage immovile)』, 『끈(La laisse)』 출간.
1991년	『도주로(Les faux-fuyant)』 출간.
1992년	대담집 『응답(Répliques)』 출간
1993년	『그리고... 내 모든 공감(Et... toute ma sympathie)』 출간.
1994년	『지나가는 슬픔(Chagrin de passage)』의 출간과 함께 작가로서의 재기를 시도했다. 수술 불가능한 암이라는 선고를 받은 자신의 감정이 투사된 이 소설로

	평론가들의 찬사를 받았다.
1995년	코카인 소지 혐의로 기소되었다. 프랑스의 한 풍자 쇼에 출연하여 이에 대한 자신의 견해를 밝혔다. "타인에게 피해를 주지 않는 한, 나는 나를 파괴할 권리가 있다." 두 차례의 기소는 선고 유예되었다. 이후 기적적으로 변신하여 당대의 현안들에 대한 견해를 밝혔다. 프랑수아 미테랑 대통령을 도와 정치적인 문제에 진지한 관심을 보였고, 인신 보호 영장 청구권에 대한 법률 제정, 교도소 개혁 운동을 벌였으며 인종 차별주의와 전쟁에 반대했다. 건강이 점점 나빠지기 시작했다.
1996년	『흔들리는 거울(Le miroir égaré)』 출간.
1998년	에세이 『어깨 너머로(Derriére l'épaule)』 출간.
2002년	대통령에게 청탁을 넣는 대가로 한 기업인에게서 받은 돈에 대해 탈세 혐의로 기소되었으나 건강이 나빠 법정에 출두하지 못했다. 집행유예부 금고 일 년 형을 받았다.
2004년	프랑스 노르망디 옹플뢰르의 한 병원에서 심장과 폐 질환으로 사망했다. 당시 프랑스 대통령이었던 자크 시라크는 "인간 마음의 열정과 재기를 탐사한 프랑스의 가장 감각적인 작가 한 명을 잃었다."라고

조의를 표했으나, 역설적으로 프랑스 정부의 압류로 사강은 죽기 전 사 년 동안 경제적으로 극도로 궁핍하게 살았다. 사강의 동료들은 그녀가 덜 비참한 말년을 보내게 해 주어야 한다고 정부에 청원하기도 했다.

2008년	칼럼집 『봉주르 뉴욕(Bonjour New York)』, 『셋집(Maisons louées)』, 『재칼들의 향연(Le régal des chacals)』, 『극장에서(Au cinéma)』, 『블랙 미니드레스(La petite robe noire)』, 『스위스에서 온 편지(Lettre de Suisse)』, 에세이 『아주 좋은 책들에 관하여(De trés bons livres)』, 단편집 『삶을 위한 아침(Un matin por la vie)』 등이 유작으로 출간되었다.

마음의 심연

1판 1쇄 펴냄 2021년 10월 15일

1판 3쇄 펴냄 2022년 2월 3일

지은이 프랑수아즈 사강

옮긴이 김남주

발행인 박근섭, 박상준

펴낸곳 (주)민음사

출판등록 1966. 5. 19. (제 16-490호)

서울특별시 강남구 도산대로1길 62(신사동) 강남출판문화센터 5층 (우편번호 06027)

대표전화 02-515-2000 팩시밀리 02-515-2007

www.minumsa.com

한국어 판 ©(주)민음사, 2021. Printed in Seoul, Korea

ISBN 978-89-374-4233-9 03860

* 잘못 만들어진 책은 구입처에서 교환해 드립니다.